| 霍红双语诗集选 |

海棠依旧

（汉英对照）

霍红　著

A Poem Selection in Chinese and English by Huo Hong—Gone and Go on

⑤ 吉林大学出版社

·长春·

图书在版编目（CIP）数据

海棠依旧·霍红双语诗集选：汉英对照 / 霍红著
. — 长春：吉林大学出版社, 2020.10
ISBN 978-7-5692-7612-1

Ⅰ. ①海… Ⅱ. ①霍… Ⅲ. ①诗集－中国－当代－汉
、英 Ⅳ. ①I227

中国版本图书馆 CIP 数据核字(2020)第 219352 号

书　　名　海棠依旧·霍红双语诗集选
　　　　　HAITANG YIJIU·HUO HONG SHUA NGYU SHIJIXUAN

作　　者　霍　红　著
策划编辑　李承章
责任编辑　高欣宇
责任校对　周　鑫
装帧设计　云思雅博

出版发行　吉林大学出版社
社　　址　长春市人民大街 4059 号
邮政编码　130021
发行电话　0431-89580028/29/21
网　　址　http://www.jlup.com.cn
电子邮箱　jdcbs@jlu.edu.cn
印　　刷　广东虎彩云印刷有限公司
开　　本　880 毫米×1230 毫米　1/32
印　　张　10.5
字　　数　180 千字
版　　次　2021 年 7 月　第 1 版
印　　次　2021 年 7 月　第 1 次
书　　号　ISBN 978-7-5692-7612-1
定　　价　68.00 元

　　春花刚开就即残落，夏日炎炎苦，秋深帐里吁叹，冬夜长难眠。一年四季各自愁，人生各段段段忧。以文字纾解愁绪、感叹无常、悲悯不驻韶华，探索词句、与文字为伴，与每一个字灵共舞。凄凉的、温暖的、严苛的、含蓄的、斑驳的……，我的人生，便在每一首诗里。

　　喧嚣浮躁中，我心飘零，无所栖息。离乡，求学，执教，负笈远学，归来又教，再求学，从未停歇，忙忙碌碌中，光阴匆匆。生命在流淌，心却无所依赖、迷惘、彷徨、困惑，我是一个没有灵魂的躯壳，随波逐流在这大千世界里。这个世界是美丽的，因着那些美丽的；这个世界是冷酷的，因着那些冷酷的。人的心灵中或是充满阳光，或是霖霪氤氲，便是随着这个世界而生，人心易伤，只能自愈。细琐艰辛，分离是苦，败而成伤，求而未得使忧，攻而未结筑愁，缤纷思绪汩汩而涌出心头，非弄墨而不能抒怀。"其歌也有思，其哭也有怀。"（韩愈语）字灵悦舞，驻进我的身躯，自此，我便与字相携，与诗执手。

诗词有韵，韵生乐兮——韵与乐相通，音美则感通，出口朗朗，或有气势或婉约柔绮。以格律限，束形而旨——格律诗词在字数、韵脚、升调、对仗各方面都有讲究，寥寥数字，高度凝练，然主旨鲜明。既有在表达手法上的挑战，也保持了不想"为外人道"的私密。朦胧旖旎，莫己能明——若对诗词的创作之境不甚了然，便无从理解诗词中或融于景的情或借景所抒的志。郎情妾意也好，伤春悯秋也罢，总不期直白地袒露自身情感于众，故而更喜欢"犹抱琵琶半遮面"地婉转言之。

"昨夜雨疏风骤，浓睡不消残酒，试问卷帘人，却道海棠依旧。知否，知否，应是绿肥红瘦。"李清照的这首《如梦令》字里行间流露出少女对青春易逝的淡淡忧伤，本书借用其中"海棠依旧"四字，借为三用。词中的海棠依旧，为卷帘人对昨夜雨疏风骤而后海棠之境况的答语，本书一借其"昨夜雨疏风骤"的背景，二借"海棠依旧"这个卷帘人的答语，三借这首词的天真烂漫的少女情怀。一用于暗喻诗词创作的因由，二用于暗喻诗人的"雨疏风骤"后的境况，三用于暗喻诗人时下的心境。

本书选取一百五十首诗（或词），诗作采用中华新韵，多以自然景物为题，兼有爱国、感伤光阴流逝、怀人等主题，是作者生活、感情、思想的笔录与注疏，包含五言绝句、七言绝句、七言律诗以及多种词牌的词，及其英文译文。诗集分"春""夏""秋""冬"及"其他"五个部分，每一部分取作者的部分诗作于其中，兼容"诗或词""英文译文""词汇解析""背景及中文大意"四个模块。其中，"英文译文"主要以有韵译文为主，韵格为"aabb(cc...)""abab(ab...)""aaba""aaaa(aa...)"等形式。

中华文化博大精深，文字璀璨，如晖如曦，照耀着我的身躯，催生着我的灵魂。绚烂如昔，应有月与日辉映，让月传递日的光辉。

本书由扬州大学出版基金和扬州大学博士后流动站资助出版，特此感谢。

霍　红

霍红博士的新作《霍红双语诗词选集》以春夏秋冬四季为序记录了其人生"四季"里之所思所悟，情真意切，显现了其"君子不器、特立独行、和而不同、群而不党"之为人处世方式，践行了前辈先贤"立言、立德、立功"之理想，可喜可贺！顺祝霍红博士在forthcoming 的人生四季里"fortune、fame and fun"。

俞东明（上海外国语大学博导）
2020 年 9 月 24 日于上海悦公馆

霍红老师博士毕业于上海外国语大学，现在跟我做博士后，所以我有了更多的了解。她做的是语用学研究，现在逐渐转向翻译学，并已经身体力行地将语用和翻译用于具体的诗歌翻译实践。她是才女，自创自译，汉英能力兼备；融情于景，将内容与形式完美统一。望读者乐学，乐读，乐在其中，不负我此番荐语。

周领顺（扬州大学外国语学院博导）
2020 年 9 月 23 日

《霍红双语诗词选集》这朵"海棠"，看似寻常，却是难以复制，难能可贵。霍红博士字酿卓香，匠心独运，自由徜徉在中华古典诗词的天地，集创译于一身，以驾驭和贯通中西语言的非凡才华讴歌生活，记录人生。海棠依旧在，芳香飘四海！

陈军（扬州大学文学院博导）
2020 年 9 月 22 日

《霍红双语诗词选集·海棠依旧》是霍红博士自创自译的格律诗词选集，兼其英文译文。书中文字清新雅丽，主旨隽永流长，既有小我情怀，也有爱国的大爱情怀，真实而不矫揉造作，英文文字功底扎实、用词规范准确。诗词内容虽有感春伤秋的内容，但充满正能量，表现了现代女性的不易与不屈的乐观生活态度，憧憬美好，积极面对的精神面貌。中文与英文译文均有欣赏价值。

王金铨（扬州大学外国语学院博导）
2020 年 9 月 22 日

目录 CONTENT

夏

其 他

春

春绿

绿镶堤柳碧成行，
新玉环渠楚水长。
袅袅轻枝摇翡翠，
千株万树若隋唐。

Spring Greens

Leafy trees inlay the bank, a greenish train,

New-born green lines the river, viewed in vain.

The spring breeze fondles twigs and leaves,

Just like under the old times' eaves.

● 词汇解析

leafy *adj.*	多叶的，叶子茂盛的
inlay *vt.*	镶嵌
greenish *adj.*	呈绿色的
in vain	徒然，无效
fondle *vt.*	抚摸
twig *n.*	细枝
eave *n.*	屋檐，凸出的边缘

● 背景及中文大意

时值初春季，芽生柳翠间。2016 年 3 月 5 日， 楚水堤岸，柳枝出芽，成行排列；嫩柳环河，袅袅轻枝，随风摇曳，碧如翡翠；树木成行，古亦这般。扬州自古以来便是名城，隋唐时期的经济中心，然清朝以后逐渐衰落。直到改革开放后，近年来赶上了城市建设大潮，又逐渐恢复了其昔日的盛景。在扬州生活的作者，偶尔抚思隋唐扬州的繁华，面对今时的扬州，不禁感叹时下的扬城又如隋唐时那般。

扬州四月

扬州值四月，
姹紫嫣红时。
柳絮飘烟雨，
春来百日熙。

The April of Yangzhou

Yangzhou in her April,
Flowers in bloom wonderful,
In the catkins flying time,
The sunshine is in its prime.

bloom *vi.*	开花
catkins *n.*	柳絮
prime *n.*	初期，全盛时期

●背景及中文大意

　　仲春烟花洒，漫天烟雨时。四月的扬州天气温暖，百花盛开，是其景之最时。"烟花三月下扬州"（古诗中的三月，是阴历三月，其实就是阳历的四月），诗人期待四月的到来，畅想着四月扬州的繁华景象：姹紫嫣红，柳絮飘飘，如烟如雨，多少文人墨客为之着墨；仲春时节日日艳阳，令君心情飞扬，让君向往。

春之晨

春晨闻鸟语，
举岸续花香。
一缕清风去，
红衣也挽芳。

A Spring Morning

Birds chatter in the morning,
The banks scented of spring.
A whiff of aroma whiffles by,
Staying on even clothes lining.

● 词汇解析

chirp *vi.*	唧唧叫，喳喳叫
scented *adj.*	有香味的
whiff *n.*	一缕
aroma *n.*	芳香，香味
whiffle *vi.*	轻轻地吹，吹拂
lining *n.*	衬里

● 背景及中文大意

鸟语衔春噪，清风携香来。2016 年 3 月 28 日，春日的清晨，唧唧鸟鸣萦绕耳畔，溪边飘散着花香，一缕微风拂过，衣袖上也沾染了春花的清香。诗人从听觉置笔，嗅觉收笔，写香之自远乘风而近，动中有静，静中有动，写出了作者对充满勃勃生机、满溢花香的季节的钟情，说明了作者内心深处对生命的热爱。

看图言春

春风斜细柳，
玄鸟自南归。
江水山重秀，
百花次第追。

A Picture of Spring

Spring breeze slants the willow.

Back home comes the swallow.

Rills mirror hills once again.

Flowers open row upon row.

slant *vt.*	使倾斜
swallow *n.*	燕子
rill *n.*	小河
mirror *vt.*	倒影，倒映
row upon row	一排挨着一排

● 背景及中文大意

　　江山图中秀，画中自有春。2016 年 4 月 5 日，偶见友人的一幅图画，顿生诗兴，而作此诗。春风轻拂，细柳嫩枝随风舞动，玄鸟（文中"玄鸟"为古时燕子的别名）自南而归，江中倒映着群山，江水与小山相得益彰，重秀迥然，百花簇簇，繁花竞相。一副春图，乃由心生。斜风细柳，空中飞燕，山水之秀，百花竞开，此景在图，图中所现却不见得是"春风、归燕、乍开春花"，有希冀的心，才有述春的图。

春深

浅清着色映丹心，
倩影纤纤待唱吟。
春愈深深辄随遇，
指间流淌懿光阴。

Spring Going Deep

Seasonal colors, light and clear, cheer me,

Delightful and tender as chanted to be.

Deep spring is set in what you see.

Good time flows allowing not a plea.

seasonal *adj.*   季节的

delightful *adj.*   令人愉快的

tender *adj.*   柔和的，柔美的

plea *n.*   恳求，请求

● 背景及中文大意

春深不着色，悄淌懿光阴。2016年4月9日，春意渐浓，树木发芽，草色更碧，可谓绿有清浅，十分醉人。这瑰美的春景，如纤纤美人，等待人们的传颂。此时，时光的款款流逝，却深了春色，且随处可遇，随"遇"而见。在这旖旎春光中，韶华逝去，光阴不驻。此诗写出了时光匆匆，时不我待，去时无追，提醒自己要珍惜时间。

杜鹃花开

空庭人愈醒，
瑟瑟扰催眠。
窗下花飞雨，
幽幽伴杜鹃。

My Bed Pal

Left alone, I can't sleep.

Rustles tell the night's deep.

Outside is the whirling petal rain,

With the cuckoo only by the pane.

rustle	*n.*	沙沙声
whirling	*adj.*	旋转的
petal	*n.*	花瓣
cuckoo	*n.*	杜鹃鸟
pane	*n.*	窗格

●背景及中文大意

　　飞花扰梦，春曲怕空庭。2016 年 4 月 11 日，一人成单，空庭教无眠。细风沙沙，萦绕不绝于耳，夜风拂花，飞降成雨。与花雨为伴，乃盛开杜鹃，婷婷窗外。春花美最，却不长开，杏花、梨花开过，随风而逝，又见杜鹃窗格下。作者以诗写出了随花落而来的伤感，令人欣喜而安慰的，是那幽幽之处接续而来的杜鹃花开。

春夜

夜来华落雨，
风过响竹林。
花溅池清处，
春深与共吟。

A Spring Night

The night-scented flower rain does please.

The bamboo groves rustle with the breeze.

Petals blow into the pond with a soundless splash.

All this goes into a poem of ease.

scented	*adj.*	芳香的
flower rain		指花纷纷而落的景象
grove	*n.*	树林
rustle	*vi.*	沙沙作响
blow	*vi.*	被风吹
petal	*n.*	花瓣
splash	*n.*	飞溅的水
poem	*n.*	诗
ease	*n.*	轻松，舒适，安逸，悠闲

● 背景及中文大意

正浓是春意，春花但不长。2016 年 4 月 15 日，花开不足月余，落缤纷纷。春夜风来，凋花成雨，夹香而落，成就了独特的唯美景象；风拂竹木，沙沙作响；偶尔有花瓣飘落，入清清池水，溅水无声。这一切成就了一首怡然的诗作。

琼花

兰蔻玉华夫，
春深朵朵出。
河中款款步，
花绽万千株。

Qiong Flower

The flower's a white jade,

Coming out, as spring's made.

As I stroll along the bank,

Into my view blooming ones invade.

jade *n.*	翡翠，碧玉
stroll *vi.*	散步，徜徉
invade *vi.*	侵略

●背景及中文大意

年年开四月，朵朵琼花白。琼花如玉，广种于扬州，皓白簇簇，兰蔻玉华。时值四月，春意渐深，朵朵盛绽。沿河徜徉，惊见簇簇团团，琼花如玉如雪。诗人作此诗，以表达对扬州春色的热爱以及对扬州生活的热爱。

长相思 · 春

白杜鹃，粉杜鹃，
春雨涟涟人好眠，
梦中花语千？
大雨连，细雨连，
花落纷纷谁竟嫣？
唯缘桃李先。

Long Longing·Spring

Pink azalea,

White azalea,

Drizzles on, men sleep just right.

My dream's a garden site.

Heavy rain,

Light rain,

Why do those flowers fall a ton?

Because their bloom has first begun.

azalea *n.*	杜鹃花
site *n.*	地点
a ton	此处作状语，表示程度

●背景及中文大意

繁花四月方将尽，正是杜鹃竞秀开。2016 年 4 月 24 日，绵绵春雨一场，催人好眠，君可梦见春花争艳？春雨霖霪，细雨成织，雨降不绝，桃花李花多凋零，还能争艳？（当然不能）谁教其早早绽放了呢（故而便早早凋落了）？

深径

清幽帏绿寂，
深径景输黎。
郁郁诗中语，
风来使更怡。

Deep along the Trail

Curtained, remote, green, and serene,

Deep along the trail is quite a scene.

As refined words go,

A little wind betters it so.

trail *n.*	小径，踪迹
curtained *adj.*	带帘子的，装有窗帘的
remote *adj.*	遥远的，偏僻的
serene *adj.*	宁静的，静谧的
refined *adj.*	精炼的，精确的
better *vt.*	改善，使变好

●背景及中文大意

春深到此青青醉，帏绿后方意更深。2016 年 4 月 26 日，"沿山河"岸，一处幽深寂径。沿路而望，仅一丛乱木，之间有缺，能容二人并排而入，近而见曲径通幽。一路沿河，便是"沿山河"西岸。小径幽长静寂，两侧绿植丛生，成天然帷帐。黄昏时分，"帷帐"更为昏暗。这偶访的幽径，令人惊喜，擦肩而过之葱郁，系今日出人意料之诗作灵感。此时恰来一丝微风，将惊喜舒扩至心怡。诗中描述了作者在黄昏中沿河漫步之偶得，写其闲适的生活状态，热爱生活，珍惜命中所遇，以诗为篇，录其怡然，表现了作者的闲适惬意与自然烂漫。

春曲

摇曳葱葱百木枝，
伶仃独作静娴痴。
芳泽宇下谁息处，
春曲缠缠百句诗。

Spring Lingers

Trees sway and strain in the wind green,

I write, focused and alone.

Whose habitat is it somewhere unseen?

Spring lingers, such a poetic tone.

sway *vi.*	摇摆
focused *adj.*	专注的
alone *adv.*	独自
habitat *n.*	栖息地
unseen *adj.*	看不见的
linger *vi.*	逗留，徘徊
poetic *adj.*	诗意的
tone *n.*	气氛；情调；风格

● 背景及中文大意

葱葱摇曳千词木，玉树枝头尽是诗。此诗作于2016年5月12日，风中枝摆，郁郁葱葱，诗人独作，娴静专注。玉宇下，大泽地，白鹭栖处。扬州富有湿地，生态优良，乃白鹭之乡。常见"苍穹玉宇中，白鹭为单，白鹭为双，白鹭成行"，常见"一行白鹭上青天"，因而诗作常就。

忆江南·扬州好

扬州好，
好景缀红颜。
戴粉香襟栖绿卷，
兰香扑面飞红怜。
怎不意绵绵？！

Recalling the South of the River · You'll Love her, Yangzhou!

Yangzhou, you'll love her.

Her spring has a magic power,

A colored picture!

Straight to the nose is the nature.

Can't you just love her!

recall *vt.*	回想起，记起
magic *adj.*	有魔力的，有魅力的
power *n.*	力量
coloured *adj.*	有色彩的
straight *adv.*	直接地
the nature	大自然，此处指大自然中的清香

● 背景及中文大意

记忆江南千百次，词中常拓扬州春。久居扬州，识其迥美，春来尤盛。诗词赋春，十有七八，红粉相间，蓝绿互嵌，兰香扑面，飞红惹怜。年年吟之，词穷不达；诗尽意表，未描其美。一角春色一角景，一棵春木几重影，但恨穷词不能赋，莫能道出扬州春。本诗从诗人的视角，写出了扬州春天的美丽，表达了诗人对这座久居小城的热爱之情。

点绛唇·独作容颜老

鸣鸟喧嘈，

轩栏窗里无觉扰。

赋文唯好（四声）。

不问闲人早。

拆髻梳鬟，

独作容颜老。

熟难料。

立之还照，

对镜痴痴笑。

Rouged Lips · Looking Old

Birds chatter,

While inside a diligent one works better.

In love with poems writing,

She says to no one Good Morning.

Combing hair,

She looks years older in the casual wear.

This who would bear?

Seeing herself in the mirror again,

She laughs beyond your ken.

rouged	*adj.*	胭脂色的，红铁粉色的
chatter	*vi.*	吱喳而鸣
comb	*vt.*	梳（头发）
casual	*adj.*	随便的
wear	*n.*	衣服，服装
beyond your ken		为某人所不理解

● 背景及中文大意

　　春易逝兮人易老，对镜照兮痴痴笑。2016 年 5 月 19 日，轩外鸟嘈，轩中未觉扰。诗人写诗磨词，独享其好，懒理闲人。对镜梳妆，对镜而照，朴素而憔悴，略显衰老，镜子中自己的样子谁能忍受，照了又照，不觉痴痴而笑。诗中描述了一位喜好诗作、不为喧嚣而动、不理凡尘事的女子，对镜梳妆，忽略衣着而略显老态的情形，如此这般，谁能忍受。对镜再照，女子忍不住痴痴而笑，笑自何来？怕看官不能度其笑矣。诗文以"痴痴笑"而收笔，写出了女子沉迷于小我，醉心于自己的小世界而获得的满足与慰藉；"痴痴笑"是从旁观者的立场而见之，表达出了女子沉醉于其喜好的不为外人道的喜乐。

忆江南·扬州雨

扬州雨，
绵降褪红颜，
卸粉钗红惜绿意，
连连霖曲眷心闲，
独恋北江南。

Recalling the South of the River·Yangzhou's Rain

It rains on,

Beating the spring flower aground.

Red and pink gone, green does abound.

Such leisure the non-stop rain brings around.

Nowhere else is the scene found.

beat *vt.*	打
aground *adv.*	地面上
abound *vi.*	富于；充满
non-stop *adj.*	不停的
leisure *n.*	闲暇；空闲；安逸
around *adv.*	四处；在附近

●背景及中文大意

　　红粉褪离身衣（yì）绿，霖霆空降又绵绵。2016 年 5 月 21 日，五月下旬，细雨绵绵，春花不在，红粉无痕，新绿地衣，浩浩汤汤。细雨霏霏，心怡闲适，只因诗人独独爱上的长江北，北江南。不恋大城，恋小城，心境淡然，此怡然闲情所来之处也。

长相思·枇杷

青枇杷，黄枇杷，
小院渠汀竟盛发，
岸帷人几家？
绿枇杷，金枇杷，
对面庭园寻细芽，
不虞枝缀霞。

Long Longing · Loquats

Unripe ones,

Ripe ones,

The loquat's on the tree untold.

Around is many a household.

Green ones,

Orange ones,

In the opposite garden, find spring.

Lo, the twigs in the glow of evening!

● 词汇解析

unripe *adj.*		未成熟的
ripe *adj.*		成熟的
loquat *n.*		枇杷
untold *adj.*		未透露的
in the glow of		在辉光中

● 背景及中文大意

年年五月雨，细打枇杷黄。2016 年 5 月 24 日，傍晚时分，楼下漫步，青黄之处，煞是吸睛。那正是尚未成熟的青枇杷，间或已熟的黄枇杷。小区的院儿里，河渠沿处，处处是那青黄相间。渠岸边上居住了几户人家（竟使这里的青黄如此完美地保存）？漫步前行，绿色的枇杷，金黄的枇杷，又到对面的庭院里寻找新抽的绿芽，不料见到了树枝点缀红霞的美景。诗中描写了诗人所见的景色——自己所居的小区里漫步时见到的枇杷树果实累累的景象，以及到对面小区里漫步时所见枇杷树果实累累的景象，写出了诗人的闲适、惬意的生活状态，以及对生活中所见景象而生的惊喜之情，表现了诗人对春天、对生活的热爱。

蝶恋花·春瘦

春韵生好园树逅，
亭槛栏轩，
人欲翩翩逗。
偏爱千花唇欲就？
重吟百句眉方皱。
鸟语诉衷吟碧凑，
不见繁华，
历历菁菁秀。
但恋扬州滋豆蔻，
唯怜垂柳题春瘦。

Butterflies in Love with Flora · Spring

Encountered are flowers on trees of the spring.

A recessed garden scene!

My heart on the wing,

On nothing but the flower I'm keen,

Reciting poems but to dismiss the meaning.

Birds chant for the new green.

Flowers have a fling.

Quite a sheen!

I love but Yangzhou that nurtures the seedling.

With the weeping willows, the season is never lean.

●词汇解析

flora *n.*	花（总称）
encounter *vt.*	遇到
recessed *adj.*	凹进去的，此处指较为隐蔽的
on the wing	在飞翔中
recite *vt.*	背诵
dismiss *vt.*	不予考虑
have a fling	一时放纵
nurture *vt.*	养育
seedling *n.*	秧苗，幼苗
willow *n.*	柳树
lean *adj.*	瘦的；缺乏的

但恋扬州滋豆蔻，唯怜垂柳就春华。2016 年 5 月 24 日，春日蝶出，飞于丛间，与之邂逅，遇之翩翩而舞，穿梭在小亭、门槛、栏杆、书轩之间，让人忍不住追随至其栖息之处，花丛之间，人也禁不住驻足逗留。鸟儿轻歌，咽啾婉转，鸣唱春绿。繁花多见，所历草木亦同样秀美。诗人爱扬州，因她哺育了青年才俊，也爱垂杨柳，因扬州春柳令扬州的春色如此秀丽。

忆江南 · 扬州雨

扬州雨，
一月数连天。
未到枝头梅紫季，
千滴雨下打书轩。
独悦彼沾沾。

Recalling the South of the River · Yangzhou's Rain

In Yangzhou it rained,

For most days in a moon.

Unripe red bayberries remained,

When raindrops beat my cocoon.

I'm joyous for what's attained.

red bayberry *n.*	杨梅
remain *vi.*	保持
cocoon *n.*	茧，蚕茧，此处指安乐窝
joyous *adj.*	快乐的，使人喜悦的
attain *v.*	（通常经过努力）实现

●背景及中文大意

扬州梅雨季，一月数连天。2016 年 5 月 27 日，枇杷黄时，梅子青。梅雨一季，梅子一季，霖霪梅雨催着枝头的梅子由青到红，但于此时，梅子尚未成熟；连绵的雨滴打在书房窗上，为这绵绵梅雨而喜悦。梅子尚未成熟比喻人生的奋斗过程，写出了诗人仍然是"青涩的、未收获的"自我感悟。然，努力的过程和已有的收获让作者内心喜悦。

忆江南·江南雨

江南雨，
四月欲绵绵。
最爱依栏独赏绿，
蒙蒙碧翠雨如烟。
似女泪涟涟。

Recalling the South of the River · The Rain of the South of the River

On the south of the River I'm keen,
Though rainy April seems an aeon.
I love, by the window, watching the green.
A lush, misty, and rainy scene!
A morose lady she seems to have been!

recall *vt.*		回想起
keen *adj.*		热衷的
aeon *n.*		极漫长的时期
lush *adj.*		葱翠的
misty *adj.*		多雾的，被雾笼罩的
morose *adj.*		闷闷不乐的，阴郁的

● 背景及中文大意

霖霪四月梅熟季，碧翠一帘雨打烟。2016 年 5 月 27 日，江南好，四月雨连绵，最喜倚栏遥望，赏满眼葱郁，细雨如烟，碧绿朦胧，像抑郁的女子，哭泣连连。阴雨连绵，成就美景，却也令人心情压抑，诗中最后一句，一语双关，既写出了扬州之雨景，也写出了连绵不断的雨日所带来的束抑的心情。

扬州之春

绿嫩枝丫几度回，
满园郁郁斗芳菲。
几颗俏紫梢上簇，
柳絮杨花草长肥。

The Spring of Yangzhou

New twigs have shot a tenth time,
When plants flower in their prime.
As purple buds on treetops cluster,
Here trees bloom and grasses grow greener.

twig *n.*	细枝，嫩枝
shot *vi.*	发芽 (shoot 过去式)
in one's prime	在······的繁盛时期
treetop *n.*	树梢
cluster *vi.*	群聚；丛生
bloom *vi.*	开花
greener *adj.*	green 的比较级

● 背景及中文大意

六月中时方夏至，墙头犄角尚题春。自来扬州，如今十载，见扬州春景十度矣。十载须臾，变之无数，愈变愈美，上程市区，下至家院，犄角旮旯，无处不俊。逢春之季，乔花高丛花矮，无树不花，接连而绽，可斗芳菲，可延春色，使人陶醉。只见枝头花苞簇簇，粉紫间或；柳树飘絮、杨树开花、草色更绿。诗作写出了作者对春的热爱。

浣溪沙·梦须臾

款款秋冬暮恋曦，
秋迟老叶箬成衣。
离离碧草赋虞姬。
眺览层层尘挡目，
喧鸣婉婉乐（yuè）成机，
惚惚恍恍梦须臾。

Silk-Washing Stream · A Dream for a Moment

On shortened days for autumn and winter to meet,
Old yellowish leaves coat the tree for heat.
Grass stays green and lush, so sweet.
Through the mist where one's eyes arrive,
Cheerful chatter brings the banks to thrive,
Out of a moment's sleep one comes alive.

coat *v.*　　　　　给……涂上一层，用……覆盖

mist *n.*　　　　　薄雾，水汽

thrive *v.*　　　　繁荣

●背景及中文大意

　　老叶未离春欲醒，喧喧鸟鸣到河西。本诗从写秋冬漫长下笔，展写秋冬之萧瑟景象。2017 年 2 月 19 日，二月中下，冬枯渐去，春发欲来，其景仍似秋冬，雾霭层层，却也偶见离离草木。此乃我处之秋冬景象。骤然，后院河边处，清脆鸟鸣声，醒了春天，醒了大地，也醒了人儿。临春之际，虽感秋冬，但春已悄然而至。

浣溪沙 · 早春黄昏图

碧草携金玉样葱，
红梅渐盛瑶湖同，
如兰楚水擅玲珑。
婉婉彤彤托暮色，
粼粼淼淼荡春红，
离离翠碧欲荫浓。

Silk-Washing Stream · Ode to The Early Spring at Dusk

Starred with a trace of gold, the grass sways green,

Going furious is the wintersweet, quite a scene,

The greenish water, delicate with sheen.

Its glitters in harmony with the twilight gold,

Murmurs and ripples of the river spread a story

spring's told,

The trees, thick and leafy, spring pictures unfold.

star *v.*	美化，装饰，布置
scene *n.*	景象
sheen *n.*	光泽，光彩
glitter *n.*	闪光
twilight *n.*	黄昏；黎明
murmur *n.*	发出轻柔低沉的声音
ripple *n.*	水波，涟漪
leafy *adj.*	多叶的

● 背景及中文大意

　　款款冬离春步慢，夕阳斜下绘春图。2017 年 2 月 19 日，夕阳斜下，余晖照耀，草木离离映余晖，一片生机；红梅于枝，仍在怒放，簇簇团团；溪水碧绿，淙淙而过；红霞一染，铺卷于天际，映于河水，波光粼粼，生一丝春意。春意浓时，树木郁郁，荫愈浓。

探春

嫩叶度初春，
水波探绿深。
河堤生翠碧，
一览旧无痕。

Tracing Spring

Tender leaves spring up on the tree.

The river leaps and tumbles along with glee.

The banks lay out spring in train,

For the bygones you don't pain.

trace *vt.*	追踪
tender *adj.*	柔软的；脆弱的
glee *n.*	愉快，开心
bank *n.*	河堤
spring *v.*	生长，涌出，跃出
in train	……正在进行
bygones *n.*	过去的事情，（不愉快的）事
pain *vi.*	感到疼痛

●背景及中文大意

　　三月初春生发早，无寻叶嫩旧时痕。2017 年 3 月 7 日，春日生发，"沿山河"岸，翠碧初现，款款漫步，叹其发早。新叶抽枝，绿芽刚发，预春来早，水中流纹，雀跃翻滚，泛起涟漪，挽住了深深的绿意。青青河堤，新生一片，不见已去冬日之痕迹（双关：旧无痕，也指过去岁月中的阴郁一去不返）。这首诗明写春天，实写希望，一"春"两义，属抒怀诗。

乡晨

啾啾鸣杳贯长空，
晨已踱中映画红。
芳沁心脾春遂梦，
黄花万朵自玲珑。

Morning in the Country

Chirpings of birds across the air from far away,

The mid-morning pictured with the sun spray,

The soul-delighting aroma puts out a sweet dream,

The rape flowers in spring give out a full beam.

chirping *n.*	啁啾声；鸟叫声
picture *vt.*	画；想象；描写
spray *n.*	喷洒，此处指阳光
soul-delighting *adj.*	令人心旷神怡的
aroma *n.*	芳香，香味
rape n.	[园艺] 油菜
beam *n.*	笑容

● 背景及中文大意

　　碧空十万里，五维春色红。2017 年 4 月 3 日，清明时节，回乡祭祖，乡间尽色，四度空间，多一维者，味也。啁啾雀跃，清脆婉转，踏春而达。日上三竿，骄阳如火，朝晖晕红，映得春光如画。芬芳幽然，达人心脾，可谓正好。举目即达的田野，一片油菜开花，不负春光，开得正怒。诗中四句，从听觉到视觉，再从嗅觉到视觉，多维度地写出了乡间的醉人春"色"，表达了诗人对乡村生活的喜爱、对春的热恋。

桃花（其一）

桃花十里染红装，
绿柳嫩枝春哪藏！
不负灼灼今岁月，
残颜淡抹莫怜殇。

Peach Flower

The peach flower is right in;
Willow twigs tender, spring does begin.
Walk out in the shining sunlight;
Never sigh for dead flowers in sight.

● 词汇解析

in *adj.*	时兴的，流行的
willow *n.*	柳树
twig *n.*	小枝；嫩枝；末梢
tender *adj.*	柔软的
sigh *vi.*	叹气

● 背景及中文大意

　　白马湖畔春渐染，灼灼十里尽桃花。2017年4月3日，四月之初，桃花盛开，桃之夭夭，灼灼其华，或含苞待放，或怒放枝头。桃花之鲜艳明丽，柳之垂绿，新发芽之翠，承载满溢之春色，春无处可藏！此诗表达了"莫辜负美景当前，莫为花朵凋谢美好逝去所感伤"这样的对人对己的一种人生导言。

桃花（其二）

粉琢万朵染重重，
十里桃花相映红。
淡尽人间千变色，
湍湍华季挽春浓。

Peach Flower

Hued in pinks of many a shade,

A long train the peach tree's made,

The peach flower outshines anyone curious;

Spring in the air is going furious.

hue	*vt.*	着色
shade	*n.*	细微的差别，尤其指颜色中的暗影
a long train		十里（虚指）
curious	*adj.*	奇特的
furious	*adj.*	激烈的，强烈的

●背景及中文大意

　　淡尽繁华千万色，重重玉染看桃花。2017年4月4日，清明时节，桃花携春，千朵万朵，玉雕粉琢，层层红染，重重千变，清浅相间，交相辉映，纵排十里。世间再无她颜色，灼灼桃花尽三春。桃花为春之魂，任凭千花绽放，不抵桃花灼灼。这首诗写出了桃花艳压群芳的华美，同时也写出了"桃花的盛开日乃春意最浓时"的感慨。

四月桃花四月桃

灼灼潋滟连天赋，
袅袅婷婷分外妖。
四月未出花落去，
悠悠十里挂青桃。

The Peach in April

Shining wayward in April,

Peach flowers bloom full.

May they're unable to reach,

A train of trees with the peach.

wayward *adj.*	任性的；不规则的；刚愎的
bloom *vi.*	开花；茂盛
full *adv.*	完全地，彻底地
a train of	一系列；一连串

●背景及中文大意

　　潋滟灼华君未见，再游十里看青桃。2017 年 5 月 1 日写 4 月 30 日所见，四月之初，桃花盛开，四月即出，桃花已不再。本诗的前两句回顾了白马湖畔河岸上的桃花，当时正值怒放，亭亭玉立，分外妖娆。后两句，笔锋直转，仅仅不到一月，尚未出四月，桃花红粉逝去，取而代之的是十里未熟的青桃。诗人常常借景、借物感怀，本诗便是其中一首感怀诗，借写桃花一月间的花开桃结，既感慨韶华易逝，光阴不驻，也写出了华而有实的客观道理——借以说明青春虽已逝，但人当有所成就，借以慰藉心灵。

春发

春风得意晓怜发，
万树千丛处处芽。
矮草将生冬欲去，
馨香暖趣乐闲暇。

Spring Buds

Spring is a flood.

Everywhere trees bud.

Stepping on the mud,

One feels spring in the blood.

flood *n.*	泛滥
bud *n.&vi.*	芽；发芽
step on *vt.*	踩上……；踏上……
mud *n.*	泥
blood *n.*	血，血液

● 背景及中文大意

　　新风还冷春刚发，偶有常温作趣暇。2016 年 2 月 11 日，二月值中，天仍寒地仍冻，时风得春意，吹生万木芽，矮草再生，冬将去，但达人心脾的草木之香伴着偶来的春日温暖，教人闲趣顿生。本诗写出了诗人对春天到来的期待——纵然天气还冷，偶来的暖意让其顿感春天的临近。

春

蜿蜒小河赴天边，
楚水玲珑九道弯。
欲捕鸬鹚空自坐，
鹅鸭曲项锁窗闲。

Spring

In early spring, the river romps to the end of Earth,

Winding nicely down with mirth.

On the boat cormorants wait to hunt,

Geese and ducks looking up – a leisure scene in front!

romp *vi.*　　　嬉闹蹦跳

mirth *n.*　　　欢乐

cormorant *n.*　　鸬鹚

goose *n.*　　　鹅

leisure *adj.*　　空闲的；有闲的

　　楚水蜿蜒行九道，纹波曲下赴天边。2018 年 3 月
16 日，户外春行，蜿蜒的小河，雀跃而行，从容流过，
春色乍现。楚水东赴，九曲而下，景色玲珑。船于水中，
鸬鹚静立，待机捕而猎。河里的鹅儿，鸭儿，曲项向天歌。
窗间所锁，便是彼样一副闲适的画面。

欧胡岛的雨

几日上中雨，
淋漓地上渠。
润生原上草，
四季不容枯。

The Rain of Oahu

Rain, rain, many a day,

Leaves puddles on the way,

Watering grass in the hill,

For four seasons making it gay.

puddle *n.*　　　　水坑，泥潭

gay *adj.*　　　　　生机盎然的

　　半年雨打欧湖岛，四季滋生不使枯。欧湖岛，为夏威夷最大的岛屿，系省会檀香山所在岛。夏威夷属热带海洋性气候，唯有雨季和旱季，四月仍属雨季。雨，一连数天，绵绵不断，积水成洼，滋润了山上的青草，草儿四季常青。

独春

栖此长青地，
光梳镀满春。
举头天蔚碧，
放眼各族人。

A Special Spring

I sojourn in the evergreen,
Enjoying the everyday spring scene.
Above is the blue sky;
Around are people of the differed gene.

special *adj.*	特别的（春天）
sojourn *vi.*	逗留
evergreen *n.*	常绿树；常绿植物
gene *n.*	基因，遗传因子

雨季偶有云开日，景色撩人满目春。此诗作于 2018 年 4 月 6 日，雨季的欧湖岛，正值北半球的春季，万物皆生，青青翠翠，暖阳缓缓升起，在日光的辉映下欧胡岛的景致，可叹可赞。碧海蓝天，晴空无瑕，放眼望去，不同肤色、不同种族的人同居于一片蓝天下。

寻迹

风徐纹水碧河堤，
垂柳依依绿叶栖。
彼岸葱葱昔日木，
径长寻迹见疏离。

Seeking the Old Trail

Across rippled water and green-clad banks blows the
light wind.

Gracefully dance weeping willows on which leaves
are newly pinned.

The trees are as lush as they were last year,

The trail is long but different here.

seek *n.*	寻找
trail *n.*	小径
weeping willow *n.*	垂柳
pin *vt.*	固定；连接

●背景及中文大意

　　别了雨季欧湖岛，寻迹昔年碧河堤。2018 年 5 月 10 日，春天的扬州，徐徐细风，纹水绿流，垂柳依依，满眼绿意，这是往年诗人眼中的河边美景。然而，那河岸对面的葱葱绿树虽仍然熟悉，但当试图去追寻那经常徜徉的小径时，草地上的斑斑，却让人倍感疏离。诗人从景色入手，以"见疏离"写思绪。

忆江南·扬州好（其一）

扬州好，

春景尽翠微。

凭栏勤思天下似，

藉词不问世间非。

谁道此无为？

Recalling the South of the River · Yangzhou Is Best

Yangzhou is best.

Where spring comes with eyefuls of green.

By the window, one ponders what life does mean;

With the poem, one stops thinking of the woe.

Would you say he is not a hero?

● 词汇解析

eyeful *n.*		满眼
woe *n.*		痛苦；麻烦

● 背景及中文大意

　　数载词说扬州好，今夕抚念道无为。本诗从扬州的美好春景起笔，写出了思之源，随即笔锋突转写"思"以抒怀。扬州好，春日满眼绿意，望之而思它——尘寰宇下事，世事总相似，不必太在意；写诗作词间，不理会是是非非，而我自独乐；难道这样就是毫无作为吗?

长相思·花

一树芽，两树芽，
燕过浮萍栖枝丫，
　丫间落几葩。
一树花，两树花，
绿粉菁菁若绮纱，
　株株桃杏华。

Long Longing · The Spring Flower

A tree of buds,

Two trees of buds,

Swallows skim over duckweeds up in the tree,

On which there lie flowers one can just see.

A tree of flowers,

Two trees of flowers.

Red and green spring does reach—

Flowers of apricot and peach.

duckweed *n.*   浮萍

reach *v.*   达到，够到

年年十载逢三月，春日繁华自此时。2016 年 3 月 14 日（2020 年 3 月 14 日译），此时的扬州，乍暖时寒，但春的脚步已经无法挡阻，她已莅临。那树上的嫩芽、待放的花苞以及几只抢先绽放的花儿。诗人以芽起笔，虚实结合，描绘了春天繁花似锦的景象；上阕写实，下阕是作者对于四月百花争艳之满树花的春景的联想。

忆江南 · 扬州好（其二）

扬州好，
风景旧婵娟。
夏日风吹环绿柳，
三秋雨打起霏烟，
窗外杳凭栏。

Recalling the South of the River · Yangzhou Is Best

Yangzhou is best,

Still a fair lady!

Summer breezes whiffle, circling willows,

Autumn drizzles fall, viewed misty,

Always making good shows.

whiffle	*vi.*	一阵阵地吹
drizzle	*n.*	细雨

● 背景及中文大意

　　四季尽说扬州好，尽在窗外凭栏。2014 年 7 月 11 日，凭栏远眺。"忆江南"为诗人偏爱的词牌，短小凝练，尽道其思。"扬州好"乃诗人多作之题。作为著名国家历史文化名城的扬州，有"淮左名都，竹西佳处"之美称。"婵娟"二字指美人，将扬州比作姿态曼妙、优雅美丽的女子，以赞其绮丽的风景。夏日微风轻拂杨柳枝，三秋雨来环生飞霏烟。扬州的美丽何见？无须健翮高飞，无须登高眺远，只须凭栏一望。春花、夏绿、秋雨、冬枯，尽在窗外凭栏。

思

灼灼桃色绽春妍，
华浅须臾落惹怜。
柳絮骑风伊与醉，
翩翩思绪付流年。

My Thought

The peach blooms in springtime.

What pains me is the brief prime.

On-wind catkins make me dream to pine.

For the good old years of mine.

bloom *v.*　　　　盛开

pain *v.*　　　　　使……心痛

prime *n.*　　　　盛年

on-wind *adj.*　　在风中的

catkin *n.*　　　　柳絮

dream *v.*　　　　梦到，想到，此处指诗作者恍惚
　　　　　　　　地想到

pine *v.*　　　　　思念，渴望

● 背景及中文大意

　　清浅着色风飘絮，乘风踏忆抚流年。2017 年 4 月 19 日，春色正浓，桃花绽放，灼灼其华，夺目之魁兮。教叹兮，开时浅，不得百日红耳，似只绽须臾。柳絮踏风而来，如烟如雨，教人恍惚、迷离、痴醉，思绪赴昔——桃花短暂怒放，宛若斯须而逝的韶华时光。春华绮艳，顷刻即残；岁月浅浅，俄顷之间。教人叹息。

夏

荷塘之恋

荷塘月色留东地，
藕断丝千解不离。
时有别乡常有泣，
荷塘之恋未曾靡。

My Love for the Lotus Pond

As the moonlit lotus pond stays at home,

I will come back to the loam.

Sobbing, to the west I wend,

My love for her will never end.

loam　*n.*　　　　土壤

sob　*v.*　　　　啜泣

wend　*vi.*　　　朝某处走

●背景及中文大意

　　荷塘片片清凉月，身在他国心未离。2014年8月
19日，身处异国，思在家，犹如断藕之丝，思丝相连。
最念那两亩荷塘，月明星稀，荷塘挽月色，皎月照荷塘，
那是魂牵梦萦之所在，是只有家的别具之景。这首诗以
荷塘月色为托，以藕作喻，写出了诗人的思乡情切及对
家的不能割舍之情。

花殇断肠

行客吟花美，
繁花落去殇。
清花一万朵，
一剪断柔肠！

Grief on Flowers that Die Young

Passers-by love beauty of the flower.

Who has sighed for those gone early?

The spring flower is great in number.

Which one is the most beloved and weighty?

grief *n.*   悲伤

beloved *adj.*   钟爱的

春生繁花美，谁能道无殇。此诗作于春末夏初，虽不驻足，却也叹春花的绮丽明艳，也想到繁花易殇。那行客瞥见的一片花丛中，却往往只有一剪最能触动其心。本诗以行客喻人生旅客，以花而喻世间诸事，既是在自问，亦是在问世人，世间诸事，何事才是最让人珍视的。

望春光叹留朱颜

繁英戴绛嫣，
倘若瞬息间，
各树春花去，
朱颜翠缀丹！

Sigh on the Spring Scene

All flowers smiled,
Soon kept filed.
Spring blooms gone,
The green leaf's on.

keep filed 　　　　被归档，此处用以说时光匆匆，很快就成为历史了

bloom *n.* 　　　　花

暮春之际繁花去，一览无余碧翠丹。春光耀眼，繁花盛开，姹紫嫣红，俨如一瞬间，春花须臾后已次第凋零，只剩枝头绿叶招展。不禁令人感怀光阴不驻，白云苍狗，瞬息一世。

初夏

淡露江潭依傍水，
繁华别去远春丹。
夏初夜半蛙声浅，
几亩荷塘未见（现）莲。

Early Summer

Seen in and around all the rills,

Spring gone far, summer readily spills.

Few frog-croaks on the early summer midnight,

The lotus's still at the water-level height.

rill *n.*		小河，小溪
croak *n.*		呱呱的叫声
height *n.*		高度

●背景及中文大意

初日繁花去远，未见荷塘升莲。夏季伊始，依潭傍水处，不见春日繁花。夜半听蛙，寥寥甚远，池塘里的荷叶此时尚未露出水面。春夏相交的日子，繁花不再，夏荷未出，正是空虚时分。这首诗以自然的景物交替，来写作者身为学者身份，正处于过渡时期的现状。

如梦令·白鹭

湿地绿萍白鹭，
穷碧纤荷一幕。
　夏至往来寻，
雏鸟何时高鹜?
　飞入? 飞入?
当是白云生处!

The Egret

Marsh, weed, and egret have been,

Part of the lily pad pond scene.

The chicks I come for;

They are nowhere any more.

In solo flight, in double flight,

The birds rise to a greatest height.

marsh *n.*	沼泽，湿地
lily pad	荷花
chick *n.*	雏鸟
solo *adj.*	单独的，独自的

●背景及中文大意

　　夏寻春日生雏鹭，飞入白云处处高。放眼眺望，湿地、绿萍和白鹭，无穷尽的碧绿，纤纤小荷一幕。夏至来寻春日的鹭雏，想必已然长大高飞，飞入云霄了。春生夏长，自然法则，雏鹭春中而孵，夏初而长，仲夏已高飞。本诗起笔于所见之景，随之写来此景的目的，进而引出春之雏鹭不知何时已高飞入云，借以感叹生命的快速成长。

白鹭青荷图

清幽浅叶小荷田，
白鹭轻啄若散仙。
一亩青莲初跃水，
春雏成鹭上九天。

A Picture of Egret and Lotus

Clean, vast, green-leafed, a lotus haven,

Egrets skim past, like fairies in the heaven.

A large expanse of lotuses leaps out of water.

The spring chicks have grown into egrets and in the
sky they hover.

lotus *n.*	荷花
haven *n.*	保护区，安全的地方
egret *n.*	白鹭
an expanse of	一片

● 背景及中文大意

一片青莲方跃水，幽幽清浅小荷田。此诗作于夏季荷叶刚刚发芽出水的时节，一亩青荷叶，刚刚出水来，浅浅嫩嫩色，满溢荷塘。偶有几只白鹭，水上苍穹间，宛若天外飞仙。今年的青莲刚刚出水，春天的鹭雏也已长成大鸟飞上九天。本诗起笔于青莲白鹭图，以青莲及白鹭为线，收笔于对两者发展阶段的描述，借以抒发对事物的发展变化的感慨。

临江仙·日暮霖愁

日暮暗汀寻月影，
风消聊赖清修。
垂杨舞柳映帆舟，
蓦然回首处，
几幕是扬州。
碧水蓝庭如缟素，
雨淋寂寞空收？
随心淡欲寡闲愁，
落红说宿怨，
百缕上心头。

The Riverside Fairy · Grief on a Rainy Dusk

At dusk I look forward to the moon,

Carefree, finding it a boon.

Where poplar and willow dance along the trail,

When I recall the old tale,

All about Yangzhou is true.

The water green, the sky blue,

In solitude out of the rain,

I'm joyful with no worry or pain.

Sorry for the fallen petals aground,

I find my tender self grief-bound.

● 词汇解析

boon	*n.*	裨益，恩惠
solitude	*n.*	孤独
petal	*n.*	花瓣

● 背景及中文大意

　　蓦然回首处，几处是扬州。2016 年 6 月 8 日，日暮时分，独步于湖心小岛，倏然而寻明月之水中倒影。微风乍起，垂柳随风摇曳，湖心人儿泛着小舟。抚思往事，尽在扬州。扬州水绿天蓝，无须修饰。雨后更觉寂寞，落花满地，幽情哀思骤然涌上心头，如丝如缕，难以排遣。雨季可有闲情，梅雨霖霏伤情，往事如风，多少幕落扬州。扬州是天堂，扬州是地狱，扬州是实实在在让人不能割舍，霏霏细雨带愁绪纷飞的所在。

采桑子·此去独独爱淡红

和风曛日葳蕤醉，
　愿语千重，
　赏碧葱葱，
一度常常喜艳彤。
明轩方几离离对，
　感浸香浓，
　沐翠朦胧，
此去独独爱淡红。

Picking Mulberries · To Lead a Carefree Life

Warm breeze, dusk sun, and the green,
　All with poetic sheen,
Watching the verdant trains,
I think of my ever love for gains.
The plant laid even to a great height,
Immersed in vegetation delight,
With both in the room,
I'd have a life in lesser gloom.

breeze *n.*	微风
dusk *n.*	黄昏
poetic *adj.*	富有诗意的
sheen *n.*	光泽
verdant *adj.*	碧绿的
train *n.*	列队，此处为暗喻用法
immerse *v.*	沉浸
delight *n.*	愉快
lesser *adj.*	较少的，程度较低的
gloom *n.*	忧愁，愁闷

●背景及中文大意

和风曛日葳蕤醉，此去唯独爱淡红。2016 年 6 月 14 日，微风徐徐，夕阳西下，草木繁盛，令人不觉沉醉其中，有太多话要说：喜爱郁郁葱葱，且曾经那么热衷于热烈的色彩。书轩明亮，与人相对的是方几上几株盎然碧绿，气味清新，绿意浸骨，教人豁然开朗：世间美好，愿能抛开尘世烦恼，过上"绿红肥瘦"样无虑的生活。诗中的色彩象征人的欲望，强烈的色彩是强烈的欲望，淡红预示欲望的减退。但愿人无事，但愿人无忧。

雨

夏惟噙泪夜汀残，
帏翠长安浴水眠。
雨飒陈联危玉燕，
朦胧独立径蜿蜒。

The Rain

Flooded by summer rains in a row,

The green banks lie safe below.

Couplets off, some swallows flying low,

The winding path's there I know.

●词汇解析

flood *v.*	淹没，泛滥
in a row	连续地
couplet *n.*	对联
swallow *n.*	燕子
low *adv.*	低
winding *adj.*	弯曲的，蜿蜒的

●背景及中文大意

　　夏雨倾盆沉玉燕，朦胧独立径蜿蜒。2016 年 7 月 6 日，七月之初，梅雨未竭，霖霪不断，河中水涨。雨水啊，打掉了新春对联，沉了燕儿的身躯。烟雨朦胧，窗外那竟自蜿蜒的，是我时常漫步于上的小径。本诗里有几个喻，雨、被打掉了的春联、雨中低飞的燕儿以及蜿蜒竟自的小径，纵然雨水倾泻而下，它打掉了新春的对联，教燕儿沉了身躯，而没有屏蔽小径进入我的视野，虽只是依稀可见，虽小径本就蜿蜒，但它竟自独立。

十六字令·解图赋

湖，
赏悦蒲　碧翠图，
莲叶戏，
初夏雨相逐。

The Sixteen-Character Poem · A Picture

A lake—

A picture green green weeds make.

A lotus display—

In rain early summer sees them sway.

display *n.*　　　　展示，表演

sway *v.*　　　　摇曳

　　一湖屏满蒲莲戏，初夏湖中雨后图。初夏梅雨，湖上翠碧，有蒲有莲，蒲莲相邻，郁郁一片，赏心悦目。青青莲蒲，夏日悠悠，我心诚悦，清新寡意，十六字令，以解此图。

不怨韶华顷刻残

一片丹心满室兰，
光阴荏苒忆从前。
余愁消处尤遗惋，
不怨韶华顷刻残。

Grief on Youth

My heart filled with cheery solar rays,

I recall the good old days,

With a little comfort, least regret though,

Happy to have had my youth glow.

grief *n.* 　　　　悲伤，哀愁

glow *n.* 　　　　光亮，光辉

●背景及中文大意

　　红花百日艳，韶华顷刻残。2016 年 7 月 14 日，青兰满室，追忆已逝的从前。青春易逝，谁不惆怅，愁怨余处，仍有惋惜。自然之法，无人能逃之，于人于己公平之至，莫怨之。本诗暗含对曾经青春奋斗的肯定，也以此劝诚年轻而挥霍光阴的人莫等闲，但愿青春不再时，能够不怨不艾。

临江仙·寄语

夏仲喧阑西苑静，

倚窗听寂寻空。

丽华才遇绮罗穷。

朱楼歌吹去，

轻调已无踪。

日月不识颜色改，

苍天独眷池中？

粉香菡萏暮中红。

更深风碎梦，

岁月尽朦胧。

The Riverside Fairy · Best Wishes

My place tranquil without a breeze,

I try to have my mind at ease.

In the deep of the mid-summer night,

There'd be something trite.

Yesterday was holy blessed.

Only I know the days were my best.

God loves the lotus in the pond?

Each and every summer it'd be another blonde.

A sudden breeze clears my mind—

The old days were all left behind.

●词汇解析

tranquil *adj.*	宁静的
at ease	平静
trite *adj.*	陈腐的，此处指平常的
blessed *adj.*	有福的
blonde *n.*	美女，此处指夏夜美景

●背景及中文大意

　　夏夜销魂喧闹尽，抚昔岁月尽朦胧。2016 年 7 月 31 日，夏夜的静谧里，透着窗子，寂寂无声，觅得空灵。芳华已至，姣好颜容。悠悠笛声，旧曲无踪。日月无情也有情，眷顾池中一片粉红，荷香溢溢，色娇柔。夜里风来扰梦，往昔岁月已朦胧。本诗旨在感怀：悠悠我心，轻轻唱吟，这是对岁月的寄语，这是对岁月的怀恋。

临江先·夜

风打绮窗酣梦醒，
清幽愁怼随风。
韶华一曲劲匆匆。
挽江南绿影，
风骤景千重。
霞映苍苍托皓月，
夜阑还照深丛？
婷婷袅袅越河东。
莫伤菁翠去，
淡淡杳香浓。

The Riverside Fairy · Night

Awakened by a gust of wind,

I complained, but away it shinned.

Like it, youth's gone soon.

At the night scene I swoon,

 A charming night scene,

Out of the moon sheen.

Moonlights go into the deep of the bush?

Across the rill for a further push.

Let bygones gone.

See what's going on.

shin *vi.*		疾走
swoon *v.*		惊讶，着迷
sheen *n.*		光泽，光彩
the bush		荒野
push *n.*		推动；动力，进攻

●背景及中文大意

　　莫伤葱葱去，袅袅停余香。2016 年 8 月 1 日，夜半梦酣，风打绮窗吵醒梦中人，本将怨风数句，风却悄然无踪，正如那已逝的青春岁月，来也匆匆去也匆匆。望窗外，风摇碧树，骤然而来的风也成就景色千重。微霞萦月，夜将尽时照深丛吗？月色婷婷也照向河东。莫伤菁翠去，其中"菁翠"一语双关，既指"年华"又指"树木的菁翠"。不要为无法驻足的美好而感伤，细细感受其缭绕的余香。本诗写诗人以乐观积极的态度去面对已逝的青春，并表达了对生活的美好期许。

采桑子·夏雨

雨初如注雷随逅，

水洗微尘，

荡醉千痕，

霖塑涛波休旧陈。

常吟山雨楼中色，

朱雀罗门。

夏仲如焚，

不愿当歇处处涔。

Picking Mulberries · The Summer Rain

There come thunders and rain,

Washing away the dust,

Taking away my pain,

For a life change one has a lust.

Often I chant poems on the misty hilly lane,

The old gates' rust,

 And a summer so plain,

There're no after-rain mess I trust.

● 词汇解析

misty *adj.*	模糊的，有雾的
wash away	洗去
lust (for) *n.*	此处表示强烈愿望
chant *v.*	吟唱
hilly *adj.*	多山的，多丘陵的
lane *n.*	小径，小巷
rust *n.*	锈
plain *adj.*	平常的，无奇的
trust *vt.*	希望（后常接从句作宾语）

● 背景及中文大意

夏日雨来雷随逅，微尘水洗净千痕。2016年8月3日，夏雨骤至，滂沱撒下，隆隆雷声随之而来。"水洗微尘"，"荡醉千痕"既写实，也写虚：既写夏雨骤来而形成的实情实景，也写夏雨冲走了生活中的烦恼和心灵的伤痛。山雨楼的情景常常入题为诗，以及朱门仲夏。只希望此次夏雨过后，不要处处泥洼，湿漉漉一片，此处暗许但愿生活中不再有"前尘和千痕"。

游庐山所见

登台望去径悠莛，
古树千帘枝蔓菁。
娟宛溪流依嶂舞，
幽泉汩汩顽石清。

The Scene of Mount Lushan

Seen from high, all stunning green,

Limbs of old trees knit into a curtain,

Spring water gurgles over stones clean,

Streaming gracefully down the mountain.

scene *n.*	场景，风景
stunning *adj.*	极美的
limb *n.*	树枝
knit *v.*	编织而成
curtain *n.*	帷幕
gurgle *v.*	发出汨汨声
gracefully *adv.*	优雅地

●背景及中文大意

　　涓涓溪流古涧，遥望浩景庐山。2016 年 8 月 14 日，登高远眺，小径悠远青葱，绿景浩瀚壮观。古树枝杈繁多，层层叠叠，交错复杂，合然形成天然的帷幕。溪水沿山峦蜿蜒而行，水流汨汨，跃水中之石而过，纵使石上长有再顽固的青苔，也被冲洗得干干净净。上善若水，最强大的力量，尽在最温柔的坚持。

鹧鸪天 · 庐山三日

涧水潺潺苍翠中，
芦林湖畔绿葱茏。
含鄱吐日云携雾，
五老听泉玉障笼。
杉柏碧，老梧桐，
千枝蔓起挂蝶虫。
层峦叠嶂青一色，
清涧蜿蜒碧几泓。

Partridge Sky · Three Days in Mount Lushan

The stream water clear, the forest vast,

Around the Lulin lake green is cast.

Hanpo Pass sees cloud and fog hand in hand.

Five Old Men Peak is shrouded by some magical wand.

Firs and cypress green, phoenix trees old.

To the crisscross branches worms mold.

Lo, layer upon layer's green!

Creeks wind out a great scene.

● 词汇解析

stream	*n.*	溪流
expanse	*n.*	面积，范围
vast	*adj.*	广袤的，辽阔的
cast	*v.*	投射
fog	*n.*	雾
shroud	*v.*	笼罩
wand	*n.*	魔杖
fir	*n.*	冷杉
cypress	*n.*	柏树
phoenix tree		梧桐树
twisted	*adj.*	弯曲的
worm	*n.*	虫子
mold	*v.*	紧贴
layer	*n.*	层
scene	*n.*	景

● 背景及中文大意

含鄱吐日云携雾，五老听泉玉障笼。2016 年 8 月

15 日，溪水澄澈见底，波光粼粼，树木郁郁葱葱，辽阔无际。芦林湖畔绿树环绕，倒影在湖面上，交相呼应。含鄱口上云雾缭绕，五老听泉四周碧绿满眼。冷杉柏树生意葱茏，梧桐庞枝成荫，枝干纵横交错，层叠无序，虫蛹从空悬下。高峰远岫层峦叠嶂，溪水几泓。此为庐山三日所见！

扬州之夏

谢却嫩芽飞尽絮，
枝头栖处是黄莺。
紫团簇簇侵葱绿，
夏日清清看紫荆。

The Summer of Yangzhou

Catkins fall off, buds going big.

An oriole perches on the twig.

Purple flowers cluster in green,

The bauhinia is the very summer scene.

catkin *n.*	柳絮
oriole *n.*	金莺（白头翁科的小鸟）
perch *v.*	栖息
purple *adj.*	紫色的
cluster *v.*	聚集
bauhinia *n.*	紫荆花

●背景及中文大意

三春繁盛千华尽，怒夏花开是紫荆。柳絮飞尽，嫩芽长成，树木成荫，郁郁葱葱。炎炎烈日下，聚在枝头的是黄莺。三春去，繁花谢，夏日葱茏处，此时，一抹淡紫跃入眼帘。夏日春花不再，闷热潮湿让葱茏厚重，让绿意沉闷，簇簇紫荆开花，犹如一缕春风骤然带来清爽凉意。

踏莎行 · 初夏

初夏春阑，

葳蕤碧杳。

清屏落艳芳菲少。

离离幽径与一程，

徜徉朗朗读青草。

日去西沉，

余晴尚好。

琼花仍在枝繁茂。

红尘无语竟销魂，

苍天若许徐徐老。

Treading on Grass · Early Summer

Early summer after spring,

For the vast expanse of green we sing.

Petals fallen, flowers few,

It's still lush, a good view.

For more plants we stroll in quest.

Setting in the west,

The sun does shine.

The Qiong flower in bloom, leaves fine.

The world earthly, but a thrill,

If God allows, time flows at my will.

●词汇解析

petal *n.*	花瓣
stroll *v.*	溜达，散步
quest *n.*	追寻，探索
the Qiong flower	琼花
in bloom	盛开
earthly *adj.*	尘世的，世俗的
thrill *n.*	兴奋，快感

●背景及中文大意

　　苍天若许徐徐老，滚滚红尘总寂寥。春末夏至，绿树成荫，芳菲尽落，生意葱茏，映入眼帘，沿河而下，徜徉在青葱河岸，畅享初夏的葱葱郁郁。踏碧而行，其名而寻。夕阳西下，宇晖尚好，独见琼花仍俏在枝头，让人欣喜。这首词的最后两句为感怀：希望这番美景不要匆匆而去,祈求上苍能让光阴慢下脚步,让我慢慢变老。

葳蕤生花

葳蕤如梦坠青葱，
簇簇伸延巧俏重。
杏展枝头调彩色，
轩窗斜坠扮丹红。

The Bracketplant in Bloom

Flowerlets hang from the pot,

Pretty in clusters when it gets hot,

At the tip of the vine,

Leaning against the window fine.

bracketplant *n.*	吊兰
flowerlet *n.*	笑话
hang *v.*	悬挂
pot *n.*	花盆
cluster *n.*	群，团，束
tip *n.*	顶，枝头
vine *n.*	攀缘植物
lean *v.*	倾斜，背靠

●背景及中文大意

　　生花簇簇巧入目，玉坠葳蕤扮丹红。2017 年 5 月 18 日，吊兰生花：多条茎由根而发，茎上结出簇簇白花。初夏时分，繁英落尽，生花吊兰骤成室中一景，使已经没有颜色的小屋骤然"生色"，它们斜倚着轩窗，仿佛在假扮春天里的红花。这首诗借感叹春花的落去，而感怀美好光阴的不再，但惊喜偶生，正如诗中室内吊兰生花——只要有一颗追求美的心，就会不负韶华、光阴驻足、自乐闲旷。

春余婷

春时香袅袅，
夏至蜜枇青。
夜色销魂处，
夏初春溢婷。

Spring Spill in Early Summer

Spring prevails with the air perfume-type;
Summer comes while loquats stay unripe.
In the night, what triggers a thrill?
Early summer sees spring spill.

spill *vi.*	溢出，此处为比喻说法
loquat *n.*	枇杷
unripe *adj.*	未成熟的
thrill *n.*	兴奋，快感

●背景及中文大意

　　袅香不复再，夏初春溢婷。2017 年 5 月 18 日，晚春夏至，已有暑相。春时花盛开，花香颤袅，初夏来到，花儿多凋，此时枇杷仍青。夜色中，悄然绽放着几朵小花，心生雀跃，只因春色未尽。诗中含喻：表达了诗人对光阴流逝的惋惜及发现"春色"仍在的惊喜。

天净沙·九华山听溪

薄雾绺绺凉凉，
远兮悠袤苍苍，
碧海无垠翠染。
山溪喧下，
不知踪迹行藏。

Sunny Sand · Listening for the Creek

Gauze misty with a chill,

Mount and dale green does fill,

Boundless, an oxygen mill.

All the way down the creek does trill,

Streaming out of sight at will.

creek *n.*	小湾，小溪
gauze *n.*	薄纱，纱布
misty *adj.*	有雾的，模糊的，朦胧的，悲伤的
dale *n.*	山谷
boundless *adj.*	广阔无垠的，无限的
oxygen *n.*	氧气
mill *n.*	磨坊，制造厂
trill *v.*	用颤音唱，此处形容流水的声音
stream *v.*	流动
at will	按意愿来……

●背景及中文大意

磅礴碧海逐薄雾，喧闹山溪踪迹藏。2017 年 6 月 27 日，携女与友同游九华山（安徽）。乘缆车上九华山，不免惶恐，然一览身下无垠碧海，顿时忘却脚下空空之恐。第一句到第三句写诗作者从高到低之目光所及，高处有山顶缥缈的薄雾缭绕，缆车不断升高，体感温度也不断降低，有凉凉之感；目光所及，处处苍翠，广袤无垠。无意间听到小溪流水，汩汩哒哒嬉闹而下，教人全然忘却身体悬空之状，而兴致盎然地去寻找那小溪的所在——只可惜由于绿篷成蔽，任溪水自在地流淌去何处，也无缘以见了。

千岛

蒙蒙雨烟染梅红，
屿岛难寻百里东。
谁撒千珠湖水上，
丹青水墨挽为容。

A Thousand Island

The rain mist helps tint bayberries red;

To the west is the islet bed.

Who's scattered islets in the lake?

Like paintings the scenery is but not fake.

islet *n.*   小岛

bed *n.*   河床

● 背景及中文大意

谁于湖上布千屿，水墨丹青竟莫如。2017 年 6 月 29 日，游至千岛湖（浙江），时值江浙一带梅子成熟的季节，烟雨蒙蒙，梅红于树上，煞是别样景致。千岛所在，于栖所之西，故而说百里之东莫一屿。是谁把这些如珍珠一般的岛屿散落在湖上？如水墨画一般。

夏夜小记

月洒铅云上，
深更仲夏长。
蛙声一阵远，
吟凑已彷徨。

Ode to Mid-summer Night

The clouded moon giving out veiled light,

The mid summer has a longer night.

Croaks sound far away,

A lady chants her idled day.

cloud *vt.*　　　　以云遮蔽

veil *vt.*　　　　　以面纱遮掩

idle *vt.*　　　　　虚度（光阴、时间）

　　中伏难熬一夏夜，托付诗词吟彷徨。2019 年 7 月 14 日，仲夏之夜，云蔽皓月，（由于天气的原因）深夜难熬，好像仲夏的夜更长，蛙声一阵，在远处的池中，相距较远，此时录下夏日里无所事事的颓废感，时光虚度，光阴荏苒，人心焦灼而彷徨。

忆江南·扬州好（其三）

扬州忆，

去去是长安。

不问平明嘈盛夏，

但吟今日慰鸣蝉。

只愿总悠然。

Recalling the South of the River · Yangzhou Is Good

In Yangzhou, as I recall,

A wonderful time, we had it all.

Never ask if tomorrow will be fall;

Just know that today with cicadas' chirpings my
mind does agree.

Best always be so carefree.

recall *v.*	回忆
fall *n.*	秋季
agree with	与……一致
best	是 you'd best 的简略形式，意为"最好……"
carefree *adj.*	悠然的，惬意的

●背景及中文大意

　　不问平明嘈盛夏，但吟今日慰鸣蝉。2019 年 7 月 14 日，天气湿热，令人难耐，只能任凭时光虚度。往昔居住扬州的日子，平安顺遂，令人追忆。然而近来，倍感不适，难以在仲夏安居，更难在夏日成作，只能不复忧明日是否还是蝉鸣如噪，只望尽享今日当下时光，以鸣蝉为慰藉，不以蝉鸣为嘈杂，但愿生活就这样悠然舒适。本诗重在后三句，后三句表面上写应对夏季里的明日和今日的方式，实则是写生活态度的转变，希冀拥有陶渊明的"采菊东篱下，悠然见南山"的闲适。

天净沙·蛰

伏蛰静室兰心，
初平七月时阴，
不惑时光尽好。
从容隔世，
履及盛夏禅音。

Sunny Sand · Dormant Summer

In chamber I'm dormant, mind little rippled and peaceful,

Cloudy as it often is, July's wonderful,

No wonder it's good time as usual.

Cut off from being social,

I step around for best sounds imaginable.

ripple *vt.*	使起涟漪
cut off *vt.*	阻止；切断（联系）
imaginable *adj.*	能想象的

●背景及中文大意

伏蛰度夏恍隔世，不惑之年听禅音。2019 年 7 月 20 日，中伏夏日，湿热难耐，然而诗人历经一番大彻大悟，心境平和，闲适惬意。尽管天公时常阴郁，但中伏盛夏仍平和美好。夏日蛰伏后，恍如隔世再生，心情别样。心中盘算尽是休养生息、尽是修身养性，做个隐士，不与尘世计较，只静静地独自踱步，倾听世间的美妙。诗中的"从容隔世"，运用了夸张的修辞手法，重在写作者希望远离世间纷扰的平和心境；"履及盛夏禅音"中的"履"是"鞋"的意思，此处名词作动词，表示踱步，此处"禅"字，表达了作者的"佛"心，一字揭示了作者的生活态度。

秋

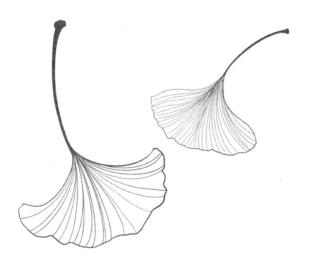

采桑子·送别

霞红风暖临行夜，

　　明月一弯。

　　把酒千言，

坐叙西亭此最欢。

乡愁一点独独作，

　　众友归三。

　　意兴阑珊，

我又西楼孤落单。

Picking Mulberries · A Farewell Party

In the breezy golden evening glow,

Up in the sky hangs the moon so bright.

Sharing what we know,

We sit around with our hearts so light.

On nostalgia I write, alone.

Three of my friends' have gone home.

In a homesick tone,

Once again I am being on my own in Rome.

●词汇解析

breezy *adj.*	有微风的
evening glow *n.*	晚霞
nostalgia *n.*	思乡（之情）
homesick *adj.*	思乡的
tone *n.*	气氛，格调，风格
Rome	罗马，此处代指异国他乡

●背景及中文大意

都是异国孤行客，西亭坐叙相谈欢。2014 年 9 月 1 日，秋日傍晚，红霞晕染，天空金色一片，落日的余晖尚未退出夜幕，澄澈的天空中，皓月高升。次日将有同在他乡求学的学者要踏上旅途返回家乡，临行前夜，学子们相聚西亭，围坐畅谈，叙说在异国他乡的见闻，这是心情最轻松欢畅的时刻。看到许多熟人离开，自己只能独自熬过孤独，以诗寄乡思。在他乡结识的好友有三位已经离开了，只能又一人独自煎熬在外的日子了。

思乡

秋来愈是慨离殇，
最是门前桂满香。
去去曈昽携旭日，
今朝梦里见潇湘。

Nostalgia

Autumn brings forth sigh of separation,

The osmanthus at the door in very association.

The sunny days of last year,

I dream of with many a tear.

sigh *n.*	叹气，慨叹
separation *n.*	分离，分开
osmanthus *n.*	桂花
very *adj.*	正是的；最合适的
in association	有关联

● 背景及中文大意

　　人在他乡为异客，梦中桂树挂满黄。2014 年 9 月 20 日，萧瑟起，总惹人愁思。人在异国，秋叶渐落，愁绪更起。往年秋来，家门前的桂花树上，桂花正在开放，桂香满园，在曈曈日下，金黄耀眼。这正是梦中的景象。这首诗以梦中所见的桂花为题，抒发了思乡之情。

秋意

凉风清夏意，
秋至噪微低。
午后来袭热，
知鸣渐度歇。

Autumn in the Air

Cool air clears summer away.

Cicadas' singings don't sound that gay.

Afternoon heat arrives the same time as before;

Their merry chirpings aren't in store.

●词汇解析

cicada	*n.*	蝉
gay	*adj.*	快乐的，兴奋的
chirping	*n.*	（昆）鸣叫
in store		储存；即将发生，此处表示蝉鸣的声音不再如夏日般

●背景及中文大意

夏末秋初至，蝉鸣渐度歇。2013 年 8 月 28 日，夏意渐退，空中的风，携来了秋意，驱散了夏日的炎热，蝉儿的叫声也不似以往那般欢快。午后还是会有热意袭来，只是那声声蝉鸣在秋日的午后已经渐渐微弱。本诗旨对四季轮回的感叹，感慨生命随季节变化而翕动。

秋风

秋风挽发丝，
枯落百千枝。
粉黛青犹在，
好花在几时？

Autumn Wind

Coiled up in the breezy air,

In hundreds falls long hair.

In full bloom though,

Flowers are destined to go.

coil *v.*	（使）卷缠；（使）盘绕
in hundreds	大量，大批
destine *v.*	注定，命定，预定

● 背景及中文大意

秋风不解意，吹落万千丝。2013 年 11 月 1 日，秋末冬初，发落缤纷，秋季之恼。迎风而行，长发飘起；树上的枯枝亦落。人如树，发如枝，严冬将近时，枝枯而断，不正如人入人生之寒冬时，发亦断乎？最后一句以人喻花，感叹绽放的时间太短。

秋道沧桑

秋至天其远，
云依日渐藏。
乘云寻瑞气，
常道乃沧桑。

Vicissitudes of Life

On the arrival of autumn, the sky looks farther.

Cloudy, the day's getting shorter.

Over clouds hide the good sign.

A life of changes is yours and mine.

on *prep.* 一……就

天高云浅问秋道，否极泰来为沧桑。秋至，气爽则天高远。太阳也常常躲至白云之上，昼渐长夜渐短。避于云上的秋日，正是诗人要找寻的祥瑞秋景。本诗前两句写自然，从景到自然的变化，第三句过渡到作者的情感抒发，于作者而言，藏在云之上的不仅是太阳，而且是祥瑞，该句写出了作者内心对生活充满了希望。最后一句写"常道"，即"寻常的轨迹"，此尾句写出了作者对人生轨迹的认识——变化是人生常态。后两句写出了诗作者的生活态度：接受生命中的沧桑变化，心有希冀。（日渐藏：秋天来了，白天短了。常道：寻常的轨迹。）

一剪梅·秋思

秋意初来夏日当，
　　一亩荷塘，
　　缕缕莲香。
春生暑长藕方长，
　　两瓣清芳，
　　未断丝浆。
此去来时秋愈凉，
　　夜半才刚，
　　久梦茫茫。
更深尤恋彼时扬，
　　月下吟殇，
　　心自彷徨。

A Sprig of Wintersweet · Thought in Autumn

The broiling sun stays up with a touch of autumn air,
A vast lotus field so rare,

From which come whiffs of aroma.

Its root's grown ripe from spring through summer.

Sweet scent out of the cut one,

The fibers keep stringed and off is none.

From now, longer and cooler goes the autumn night.

Just at midnight,

Dreams go unbound.

The deep of the night tells my love for the then

Yangzhou around.

Flowers' dying young is chanted for under the moon,

Pacing up and down, my heart does croon.

● 词汇解析

vast *adj.*	广阔的
lotus *n.*	莲花，荷花
aroma *n.*	芳香
unbound *adj.*	未束缚的
croon *v.*	哼唱

● 背景及中文大意

暑去秋来天两样，更深愈念彼时扬。2015年9月8日，天高气爽，骄阳仍虐。一亩方塘，青莲已发，屡屡芬芳。

莲，生发于春，长于夏，秋日方来，新藕初成，可入口为食。截断只藕，藕香淡淡，藕丝仍连。从此，天将愈凉。时值深夜，夜梦茫茫，梦中多现昔日扬州，那梦中荷塘，月下吟唱，内心彷徨。

莲

青莲待饰散花香，
初绽含羞衣绿裳。
秋溢浓浓托夜色，
酣然入梦见荷塘。

The Lotus

The young lotus, light-scented, waits to bloom,

Half open, shy-looking, and green.

Strong autumn night chill does loom.

In one's sound sleep the lotus pond is seen.

lotus	*n.*	莲花（图案），荷花（图案）
scented	*adj.*	有香味的
chill	*n.*	寒意，寒冷
loom	*v.*	逼近，临近

● 背景及中文大意

菡萏含羞携暮色,酣然入梦印秋思。2015 年 9 月 9 日,秋日之初,青莲含羞,或怒放,或含苞待放,浅粉色的花瓣外半包着绿色的荷叶。秋日里,夜幕下,凉意浓浓,秋夜的梦乡里又见到醉人的荷塘。（注：衣读作 yì；见读作 xiàn）

秋丝吟

青丝本十万，
秋来难不断。
固发几乌青？
华发理还乱。

On the Loss of Good Hair

Good hair used to be had.

While in autumn it's much shed.

How much that stays is black?

The grey is left on the head.

shed *v.*　　　　　脱落

乌发随风去，华发时时发。2015 年 9 月 17 日，自古秋来愁，秋日愁丝断。昔日的青丝满头，让人羡煞，然韶华易逝，光阴不驻，少年不在，秋日来时，乌发便如秋天的枯叶，缤纷而落。掉落者黑发，尚存者尽华。本诗从写青丝、华发入手，实写"季节更迭的自然规律体现在人的发落发留之间"，从而写"人的生命变化的规律"。生命如斯，人生如斯，去者非我所愿，留者非我所欲。

说秋

只影凭栏一盏酒，
风来花落又说秋，
那年孤对他乡月，
曾几悲忧欲愈愁？

On Autumn

Sipping wine alone by the window,

Flowers dead, autumn wind to blow,

Alien, she was lonely under the moon.

Over sorrow she tended to swoon.

sip *v.*	小口地喝，抿，呷
dead *adj.*	凋谢的
alien *adj.*	外国的，异域的
swoon *v.*	痴迷，着迷

●背景及中文大意

　　那年总作说不惑，不惑来时惑更多。2015 年 9 月 23 日，秋意渐深。把酒对窗，独坐书轩；秋风又起，花儿又凋。此时此景，不禁想起当年独自身处异国他乡的秋日之景：月光清冷，倚窗独对，彼时尽情地悲秋，彼时心中对愁好似有着渴望和执着。

秋来

但见秋来荷百残，
天高偶也燕低檐。
扬州湿地栖白鹭，
常对鸟儿上碧天。

Autumn Comes

Not many a lotus autumn receives.

Flying high, birds sometimes perch under eaves.

Egrets live in the wetlands of Yangzhou,

Often seen in the sky in a row.

lotus	*n.*	莲花，荷花
perch	*v.*	（鸟）降落，停留
eave	*n.*	屋檐

●背景及中文大意

秋来气爽吟闲适，白鹭一行常入诗。2015 年 9 月 24 日，秋意深深深几许？荷花绽过，几多凋零。燕儿高飞，时而栖息檐下。扬州湿地，白鹭之家园，时常可见鹭鸟一行。本诗首句写"残景"，继而写"活景"，先抑后扬，以景为托，实则言志。从"秋日色残"，笔锋突转到"鸟儿和白鹭"，从静到动，从生命的残退到生命的活跃，意在写心中满载了希望。

秋

淅淅吹落叶斑斑，
凉水潺潺雨亦娟。
不为落红薄夏色，
秋妍楚楚雅如兰。

Autumn

The wind rustles off leaves, mottled aground.

Rivers murmur in the rain, a beautiful sound.

The summer scene stays though flowers wither.

In autumn, the summery view does abound.

rustle *v.*	（风）沙沙作响
mottled *adj.*	斑驳的，杂色的
aground *adv.*	地面上
murmur *v.*	发出轻柔低沉的声音
wither *v.*	（使）【植物】枯萎，干枯
abound *vi.*	富于，充满

●背景及中文大意

　　郁郁满园非盛夏，落红尤雅不输春。2015 年 10 月 8 日，秋风瑟瑟兮，扬州水亦寒，吹落黄叶兮，满地叶斑斑。河水潺潺兮，雨潇潇落潭。花儿凋零兮，青葱若夏颜。此时秋色兮，郁郁如夏然。此诗运用了先抑后扬的描写手法，从"秋风萧瑟，黄叶斑斑"的秋天，笔锋急转为"秋中的美"，重在写"即便没有了夏花的秋，一样葱葱郁郁富有生机"，抒发了诗作者对生活充满希冀、面对"瑟瑟秋风"仍能发现秋的"淡颜之美"的思想感情。

清秋早

清灵日远挽凉居，
枯叶纷纷落入溪。
一树桂花枝满郁，
西亭内外尽秋栖。

Good Morning, Autumn!

The weather colder, the sun in greater distance,

Non-stop, dead leaves fall in the stream.

The osmanthus flowers giving off strong fragrance;

With the autumn feel the neighborhood does teem.

| dead *adj.* | 枯萎的；凋谢的 |
| teem with | 挤满，倾注 |

● 背景及中文大意

天高日远满枝郁，西亭内外近秋栖。2015 年 10 月 8 日，秋风萧瑟，日见高远，一席凉意，室中弥散。枯叶纷纷，落入河溪，随波逐流，处处秋息。桂花满枝，香沁杳至。扬州西区，（西亭，代指诗作者所居住的扬州西区）处处秋景、秋色、秋意。

如梦令·秋处

河映云疏帷幕，

腾雾南来秋处，

　但问眼前人，

总道沧桑歧路。

　留步？留步？

还我蔚蓝一宿。

Like a Dream · Autumn

Cloud reflections in the rill are few.

The fog from the north we are to sue.

Just ask those before you,

Who'll not say "change in life's true"?

To begin anew? To begin anew?

Return to us the sky so blue.

rill	*n.*	小溪，小河
sue	*v.*	控告，请求
anew	*adv.*	重新

霾雾南来吾所处，沧桑总扰眼前人。2015 年 10 月 12 日，秋深遇霾。秋日方来，云舒成幕，倒映水中，成幕的灰云携雾南来。但问身边人，道：人生路漫漫，沧桑为道。人生能否停留？光阴能否驻足？只想留住蔚蓝碧空。文中的最后两句直抒胸臆，表达了对走向"非吾意"的变化之不快。此处诗人希望留下的，在诗中是"蔚蓝的天空"，实则以大自然的现象隐喻诗人的人生，本诗重在写对生命变化的内心抵抗。

忆王孙·秋氲

葳蕤如静绿随醺，
翠黛翩翩微染裙。
燕转朱阁兀自矜，
梦中君，
雾霭茫茫秋使氲。

Recalling the Prince · Misty Autumn

Dangling still, the green makes me tipsy,

Dancing lightly, it renders me merry.

Birds fly south while I stay;

In a way so dreamy,

The earth turns bleak and misty.

dangle	*v.*	悬挂，吊着，晃荡
tipsy	*adj.*	微醉的
render	*v.*	使成为，使变得，使处于某种状态
bleak	*adj.*	阴冷的，阴郁的，荒凉的
misty	*adj.*	不清楚的，朦胧的，多雾的

●背景及中文大意

　　燕转朱阁南飞去，协来雾霭就秋氤。2016 年 9 月 12 日，氲氲中秋。秋来夏往，仍见郁郁繁茂，绿意怡然，让人微醺。微风入室，垂荡在空中的叶茎搭在裙上，恍然间，以为衣裙也染了绿色。候鸟将南迁，到温暖之地过冬，而人却依旧留此。室外雾霭沉沉，大地氲氲。本诗从写室内到室外，以燕儿的秋来南迁与自己的"原处留守"相对比，相继又见到秋的氲氲，写出了诗人内心对"变"的渴望，"兀自矜"写诗人对于无法"变"的无奈。"梦中君"是对自己当时心境的描写，浑浑噩噩的人生，就像活在梦中一样，室外秋来的雾霭，恰合了此时诗人的心境和人生状态。

156

秋色

皓霞婉影但知凉，
白露成霜秋月藏。
天色舒蓝悠渡远，
琼瑶万里鹭一行。

An Autumn Scene

The moon glows graceful but cold,

And it's sometimes nowhere to behold.

In the cleared and farther sky,

In a single file, egrets fly.

● 词汇解析

glow	*v.*	发出柔和稳定的光
behold	*v.*	见到，看到，注视
file	*n.*	一行

● 背景及中文大意

　　雾锁九天无几日，晴空万里是霜秋。2016 年 9 月 19 日，昼降夜升，苍穹婉景：天边彩霞与乍升之月同当空。秋日落，红霞素然，霜露起，皓月藏。秋意凉凉。此时，天色尚早，天色幽蓝，秋爽天高，一行白鹭飞在空中。这首诗是上一篇的续景：前几天仍中秋氤氲，而几日后则琼瑶万里，一番不期而至的惊喜。本诗旨在道明"生活中的不得意多为暂时之苦，只要奋斗坚持，总有云开雾散之时"之理。

堤上看秋

秋涛河瘦奏涟漪，
绿黛映青河岸西，
素染葱葱蓝若玉，
乾坤朗朗醉渠堤。

Watching Autumn on the Bank

Autumn breezes soften the stiff river best,

All shaded green there is to its west.

The trees lush, the river blue blue,

Under the clear sky, everything's so true.

soften	*v.*	（使）变软
stiff	*adj.*	硬的

●背景及中文大意

　　河瘦清清秋映水，乾坤之最看河堤。2016 年 10 月 5 日，秋涛河瘦，河水流淌，荡起些许涟漪，两岸树木葱葱，河水映出对岸世界。呈绿的水面，碧树的影子相互依偎。天空明净朗朗，映衬着河水，此景令人沉醉。诗人从河堤上的景色看到了秋色，视觉由低到高，由下到上，随其视觉顺序而进行描写，写出了作者对干爽的秋季的喜爱，也写出了暑湿过去后的宁静而怡然的心情。

天净沙·秋（其一）

薇丛碧树黄花，
大鸿白鹭人家，
恋就天边那染，
薄云赤水，
醉收一幕残霞。

Sunny Sand · Autumn

Grass, trees, daisies, and the rest

Wild geese, egrets and the nest.

What on earth is loved the best?

Golden cloud and water not to be caressed—

A waning glow scene's so blessed.

daisy	*n.*	雏菊
wild geese	*n.*	鸿雁
caress	*vt.*	爱抚
waning	*adj.*	渐亏的，逐渐减弱或变小的
glow	*n.*	光亮，光辉

●背景及中文大意

　　天幕夕阳独醉染，薄云赤水烩黄花。2016 年 10 月 16 日，青青草地，葱葱碧树，处处黄花（秋天的黄花较多见，英文中用 daisy 及 the rest 来表达），鸿雁、白鹭栖息留宿的地方（此处家指他们居住的扬州湿地）。恋恋不舍天边那抹红霞，云淡淡，水染红。沉迷于这如画的景致，只期将这余下的霞光尽收于眼。

挽秋

昨夜听风归时晚，
稀疏百寐遇秋残。
冷风为伴丹红去，
叶落萧萧莳溢寒。

Stay, Autumn!

I came home late on a windy night,

Awakened some times to the season sight.

The golden autumn blew off.

The fall of leaves comes from the nature's might.

awaken *vt.*	唤醒
sight *n.*	景色
blow *vi.*	（被）吹动
might *n.*	力量，威力

●背景及中文大意

　　夜寐稀疏听叶落，萧萧作伴漫秋寒。2016 年 10 月 16 日，秋中景渐残，昨日很晚回到（听风，此处指参加活动）家中，因秋风吵扰，睡梦稀疏，萧萧秋风时不时惊醒梦中人。秋风萧萧，秋日黄花也将随之而去。秋风瑟瑟，树叶纷纷凋零飘落，冷冷清清一地，枯草上都能感受到秋日的寒气（萚：草木脱落的皮或叶，此处代指落叶）。

秋雨

潇潇秋雨打屋檐，
落叶归根广宇前。
白昼枯颜长宿夜，
悠悠楚水入溪潭。

The Autumn Rain

The autumn rain patters on the eaves.

Onto the ground are the fallen leaves.

On a rainy lengthened night,

The river streams somewhere no one receives.

patter *v.*	发出急速的轻拍声
eave *n.*	屋檐
fallen *adj.*	落下的
receive *v.*	迎接

●背景及中文大意

　　秋至霖霪将整月，潇潇楚雨彼悠长。2016 年 11 月 7 日，深秋逢雨，雨水嘀嗒，击打屋檐。雨水啪嗒，落叶缤纷，叶落至根。白昼日枯，夜亦渐长。在这样秋季的黑夜，悠悠河水，缓缓流淌，流向深潭或是湖泊。这首诗前两句写雨中的景象，后两句写心中的感叹及联想。此去来时，将是昼短夜长，昼象征光明，夜象征黑暗，第三句写出了霏霏绵雨季节带来的心情的低潮，第四句联想雨水的排解方式，也是暗喻自己的心情也必有排解的渠道。

扬州之秋

枫木初红碧露微，
背依蓝幕叶徐飞。
白霜愈点金秋色，
待去纷纷落几枚。

The Autumn of Yangzhou

Maple leaves drift, reddish with little dew,
Against the blue screen, falling slowly.
Frost lights the earth golden anew,
Leaving few kinds of trees leafy.

drift	*v.*	漂流，漂移
dew	*n.*	露，露水
frost	*n.*	霜，霜冻
anew	*adv.*	重新，再
leafy	*adj.*	多叶的

●背景及中文大意

木叶三秋终下落，千般秀色在扬州。2016 年 11 月，秋深几许，枫叶方才染红，上面些许露珠；背依蓝幕，枫叶徐徐飞舞而下；霜白缀秋金，增了秋的深。秋日来临，树叶纷纷落去，又剩下几棵树仍能枝繁叶茂呢（落，剩下的意思）。

忆江南·清秋色

清秋色，
穆穆偶凭栏，
浊乱常如秋百索，
悲愁偶印夏阑珊，
夜里怼寒蝉。

Recalling the South of the River · Autumn

On a clear autumn sight,

By the window,

Many a thought I have on what's right.

On the leaving of summer, my spirit remains low,

When cicada chirpings are to blame in the night.

recall *v.*	回忆，想起	
cicada *n.*	蝉	

●背景及中文大意

冷月清清托夜色，余愁复印怼寒蝉。秋夜即临，独赏秋景，独享宁静，思绪万千，难以平静。暑湿筑愁，愁因暑热，微恙因起，待秋南平。秋至甚好，纵有千秋索，一色清秋理百索；纵有余忧，终将归寂。入梦虽难，只怨寒蝉。

又见

斜阳渐去水微低，
残影青红映水西。
潜邸几出昔日去，
时光荏苒莫须急。

A Sight of the River Again

The sunlight slants low into the water,
Plants mirrored in the river.
Buildings towering over the past,
Time would never like to linger.

●词汇解析

slant	*v.*	斜，倾斜
mirror	*v.*	映射
tower	*v.*	高耸
linger	*v.*	徘徊

●背景及中文大意

　　夕阳斜下多少景，过隙白驹哪停蹄。2018年9月6日，初秋年年，年年如约造访，景随人心，次次不同。经年九月去，今年九月来，俨如重生，倍加珍惜眼前的景象，倍加珍惜生命，倍加期待慢慢地体味时间编织成的人生。夕阳西下，秋水微低，当日的午后余景便是那青红各色映入水中的倒影。目光致远，几处广宇渐高，前年的景象已无处可寻。时间啊，从来都是疾驰而过，从来不会在你身边驻足。这首诗旨在感慨由时间而织的人生短暂，提醒世人莫辜负！

采桑子·时过匆匆

凡尘溢苦沉秋夜，

来去丹红，

又近寒冬，

黄叶萧萧与去重。

其实久已生华发，

时过匆匆。

惚恍眠中，

总见那年春日容。

Picking Mulberries · Time Flashes Wrong

The bitter life is lived on the fall night;

Flowers blossom in turns aright.

Winter again is on the way;

Leaves rustle away the shiny day.

Hair's been gray for long;

Time's flashed all wrong.

In so bemusing a dream,

The young face did beam.

live a bitter life	过苦日子
aright *adv.*	正确地
on the way	即将来到
rustle *v.*	发出沙沙声
flash *vi.*	（时间）飞逝
bemusing *adj.*	令人困惑的
beam *vi.*	微笑

●背景及中文大意

　　凡尘溢苦沉秋夜，黄叶萧萧与去重。2018 年 10 月 12 日，秋来则冬临。秋来夜凉，沉夜难熬。秋日的花正开，冬正于不远处。黄叶萧萧而落，正如去去以往，秋阳随风而藏。其实华发已早生，只怪人过而立，便见时光匆匆。恍惚梦中，总能梦到年轻时的从容。本诗上阕写景，下阕从华发入笔，感叹年华易逝，青春不再，继而写梦，梦中常见自己少年时的音容笑貌，写出了对已逝的青春年华的怀念之情。

天净沙 · 秋（其二）

祥云白鹭蓝天，
黄菊金桂人间，
小径清风送晚。
兰亭别苑，
最玲珑似从前。

Sunny Sand · Autumn

Clouds and egrets in the sky,

Chrysanthemum and osmanthus on earth,

In the breeze, evening stalks up along the trail.

Pavilions and mansions fail.

To age in every detail.

chrysanthemum	*n.*	菊花
osmanthus	*n.*	桂花
stalk	*v.*	潜行
trail	*n.*	小径
pavilion	*n.*	亭
mansion	*n.*	漂亮的府邸

● 背景及中文大意

祥云白鹭蓝天下，清秋婉景似去年。2018 年 10 月 14 日，秋中有怡景。秋日的昼夜犹如天堂与炼狱。举目白云、白鹭、蓝天，眼前金花、黄桂处处，一片秋景。小径静谧，清风阵阵，送至渐晚的夜色。庭院里，兰亭楼宇，恰如往昔。这首诗写秋日的昼景，与上一首夜间凉凉相比，好似诗人生活在一个不同的世界，可见人所处之境对心境的影响之大。诗人对秋日昼景的描写，写出了其善于捕捉美好，热爱生活的积极生活态度。

天净沙·秋（其三）

青天绿水红霞，
竹箨枯叶黄花，
白鹭一行入景。
葱葱小院，
孤影思念无它。

Sunny Sand•Autumn

Azure sky, green water, and the sun's evening glow!

Sheaths of bamboo, dead leaves and flowers that
are yellow!

In sight too is a flock of egrets in a line.

At the verdancy of the garden on the vine,

I think of no other thing of mine.

azure *adj.*	蔚蓝的
evening glow	霞光
verdancy *n.*	翠绿
vine *n.*	藤

●背景及中文大意

　　天青水绿红霞景，怎有情思念彼它。2018 年 10 月 14 日，秋色相宜，秋夜凉凉，但秋昼正好。夜色将近，从楼上远眺，天水交融，故而以高低异处之蓝天、碧水、红霞同入眼帘，俯视而见枯竹、枯叶和秋日的黄花。前两句描写从远到近的景色，皆为静景，接着一行白鹭入景，即于静而生动。如斯动静结合的小院人家，生活中便不必再有他想。最后一行是诗人的抒怀之句，表现了其对生活的热爱和满足。

花开秋夜

冷冷清清夜，
幽幽香淡来。
非生于仲夏，
却到这时开。

The Flower in bloom

In the cold night air,

A light perfume flows to my nose from somewhere.

It did not blossom in summer,

But in fall it does flower.

light *adj.*	微弱的
perfume *n.*	馨香
blossom *vi.*	开花
flower *vi.*	开花

●背景及中文大意

秋时冷冷清清夜，香淡幽幽到此开。2018 年 10 月 27 日，春日撒入盆中，夏日未长，秋深花却开。期待盛夏多一抹花红，然而未见红来。转眼十月见底，秋深夜凉，冷冷清清间，偶然瞥到房中一角的那盆中正绽放着牵牛花，迟也，怪也。本应生于仲夏，却偏偏在这不该的时节又顽强地钻出土壤，成就了这秋日的一番惊喜。诗中借花抒发情感，期待人生如此花，能够有不期而遇的美好。

180

中秋桂香

月寂挂长空，
难遮桂树红。
沉香千百里，
风送过江东。

Sweet Scent in Mid-Autumn

The light of the moon flows.

Upon osmanthus in bloom.

Across hundreds of miles her scent blows.

On the wind even into the room.

●词汇解析

scent *n.* 香气

●背景及中文大意

秋至幽香千百里，黄花一树自江东。2019 年 9 月
13 日，秋来桂花红。此处，红是指开花；千百里，是夸
张的修辞手法；江东，指距离，远的意思。秋夜凉寂，
孤月当空，夜半无色，难掩桂花幽香。花香无羁，骑风
而行，飘到很远的地方，飘至人居之所，飘至人们的心房。
夜中的桂花，因夜幕黑暗而无从得人欣赏，但其幽然香
气，却随微风而至——另辟蹊径，教人欣赏、喜欢。

采桑子·秋（其一）

凭栏独赏天为幕，
不见纤尘。
朵朵浮云，
寥廓苍穹初作吟。
丹心空也无颜色，
岁月留痕。
梦里缘寻，
莫负当闲一度今。

Picking Mulberries · Autumn

I watch the outside by the window,

No chaff to winnow,

Clouds in the air,

Singing for the autumn so fair.

Not to win any race,

Time leaving a trace,

I follow my dream,

Idling away not a gleam.

idle away	消磨（时间）

丹心空对无颜色，莫负光阴莫负君。2019 年 9 月 20 日，秋日苍穹寥廓，依栏望去，实乃景中之最。一天纯色，干干净净，浮云几朵，此为寥廓的苍穹之下之初作。上阕旨在写 2019 年的秋天之净与美。下阕写情志。丹心，是指诗作者的内心、志向、抱负。志向、人生抱负本已不在，岁月已经在内心里留下太多的痕迹（留痕，此处指创伤），就如此让时光如梦，无忧无虑，虚虚幻幻，如此闲适、安静、无欲无求。

采桑子 · 秋（其二）

金镶火染城西处，
一路彤彤。
片片当空，
暮色微调卷卷中。
群芳过后扬州好，
秋入残红。
心绪蒙蒙，
时过一般曲正浓。

Picking Mulberries · Autumn

The city is gold-hued in the west;

Red is all the best.

Heaps of clouds in the air,

They're mincing with care.

Good days linger in my place,

Flowers fallen but in grace.

Still in the dark?

We're halfway with spark.

gold-hued *adj.*		染成金色的
heap *n.*		堆
mince *vi.*		走小碎步
linger *vi.*		徘徊

●背景及中文大意

金镶火染城西处，秋色夕阳正耀红。2019 年 9 月 22 日，秋阳西下，染尽城西处处，一路而行，彤彤当空，西下的太阳染红了卷卷祥云。群芳满园的季节过后（群芳，指群芳满园），扬州仍好。入秋后，仍有秋花开（红，指花）。心由绪生，人生如梦，人生其实刚过一段，美好伊始。本诗是诗人自我释怀的抒情诗。

浪淘沙·随遇而安

秋意愈阑珊，
夜里衾单。
二更入寐不使寒。
不问宵深多段梦，
梦里嫣然。
独自偶凭栏，
世事常难。
何时痛去喜两年。
弱水残红人萎悴，
随遇而安。

Waves Washing Sand · I Will Take It

Autumn fading away,

Before daybreak I feel my quilt unfold,

Though at first in bed not feeling cold.

How many dreams a night, untold!

Yet they are so sweet, behold.

On occasion against the pane I think,

One's life is a tale of woe.

When can I regain my health that lasts so?

Like fallen petals floating off, away good looks go.

I'll take it however I will grow.

● 背景及中文大意

　　莫念红尘愁百事，但愿残生所遇安。2019 年 10 月 12 日，天渐凉，秋也到中，秋意渐退，冬意至，二更（晚上九点到十一点为二更）夜衾单。刚入睡时不觉冷，但随夜深而觉。不论夜里多少梦，皆为好梦。到此，这首词的上阕，写秋深及夜深的体感，从中可见对秋凉的不适以及多梦之状。词的下阕，对这两年中自身状态予以小结，并抒怀感慨，人生应随遇而安。词中写道：诗人也时常依栏独眺，想着世间总有难事，什么时候方能消除病痛，也快活两年呢，就像这个季节一样，水流慢，花为残，人也就病恹恹，所以只能随遇而安。

浪淘沙 · 一舞翩翩

香暗沁绵绵，
秋样一般。
凉凉爽爽本怡然。
可是书轩谁正作，
勤勉无闲。
岁月浅如兰，
一季如年。
少时惑惑不知难。
莫教韶华空去也，
一舞翩翩。

Waves Washing Sand · Work Not to Wait to Pay

Fragrance comes over and over,

To any other autumn it is akin.

Cool and dry, joy it does fetch in.

Who's still working on something?

For her industry I sing.

As she is so young,

She measures three months in a year so long.

Not knowing much, or how to get along.

Oh, never let youth idled away,

But work not to wait to pay.

● 词汇解析

akin *adj.*	类似的
fetch *vt.*	拿，取
industry *n.*	勤奋
measure *v.*	测量
get along	前进，前行

● 背景及中文大意

　　不待韶华空去也，一舞翩翩莫等闲。2019 年 10 月 13 日，凉爽如兰，岁月浅浅。秋花香沁满室，与往年秋日一般，凉爽好日何不怡然自得惬意一番？不过此时，家中还有一人在勤勉不偷闲。于刚刚迈入中学的学子而言，岁月尚浅，时光漫步，一日不短，一季犹如一年。少年时，懵懂无知，不晓世事艰难。须记得，不该负了青春好年华，须奋斗！这首词，是写给女儿的。看到刚上初中的女儿每日早起晚归，为自己的未来而奋斗的样子，禁不住为女儿的"不教韶华空去"的学习劲头所感动，期待她能因着此时的努力，而有一个让她翩翩舞起的未来。

长相思·秋

东风清，

西风清，

风过枝头吹落英。

几重红满庭。

南风清，

北风清，

聒碎秋愁谁愿听。

盈盈独立行。

Long Longing · Autumn

Eastward wind,

Westward wind,

Fallen flowers abound;

Layers of them lie aground.

Southward wind,

Northward wind,

My trifles, can I share with anyone?

About them, I talk to none.

fallen *adj.*	落下的
abound *v.*	大量存在
layers of	一层层的
aground *adv.*	地面上
trifle *n.*	琐事，小事

●背景及中文大意

秋风西北东南去，可愿须臾为我停？2019 年 10 月 30 日，秋风凉而清。2019 年的 10 月底，并不如前两年的此时节那么冷，天凉爽不寒，风来不浊而清。风来了，枝头的桂花凋落，落在树下的地面上厚厚的一层层（红，此处指花）。秋来了，与往年一样，秋易生愁，又有琐事与谁说，亦独自承担。词的上阕写秋景，下阕表面写秋愁，实则写现在女性的独立貌。

忆江南 · 扬之色

扬之色，

一载万千重。

叶生芽发徐晕绿，

箨枯丹落速染红。

秋到这时浓。

Recalling the South of the River · The Color of Yangzhou

The color of Yangzhou in no range,

The year sees it change.

Leaves grow from buds, all green.

Flowers fall and leaves go red, a great scene.

Lo, the depths of autumn!

range *n.*	范围
scene *n.*	景色
lo *n.*	你瞧（文学用词）
the depths	最深处

●背景及中文大意

　　三春发蔓徐生绿，凋落丹秋荏苒间。2019 年 11 月 2 日，秋值此时浓。这首词前两行总写扬州各季重重色，而后分写春生芽发的绿，到秋的枫叶红。重在写秋，也写了扬州的各个季节。写出了扬州的季节分明，各季的色调、景致各有千秋的特点。

忆江南 · 来日哪堪题

萧萧木，

秋叶落缤疾，

红染丛丛今孕秀，

鹭白双双曾落堤。

来日哪堪题！

Recalling the South of the River · The Future Is Never Unforeseen

Trees rustle;

Leaves fall at a fast pace,

Having gone red, making a great scene.

Egrets in pairs, once perching on the bank with grace.

The future is never unforeseen!

● 词汇解析

pace *n.*　　　　　步伐

perch *v.*　　　　　栖息

with grace　　　　　优雅地

unforeseen *adj.*　不可预见的

● 背景及中文大意

　　秋意浓浓疾叶落，丛丛晕染就成题。2019 年 11 月 8 日，秋风凉而清。这首词从写景入手，"萧萧木，秋叶落缤疾"，写出当时秋日落木萧萧之景，"红染丛丛今孕秀"是指枫叶簇簇的样子正是秋日最美的所在。此时，笔锋急转为"鹭白双双曾落堤"，写秋未深时的景象。一景为眼前，一景为曾经。年年往返，岁岁始终，关于未来还有什么可写的呢？词中抒发了作者意欲把握现在、珍惜当下的思想感情。

采桑子·冬日残景

寒风吹日千千尺，
深雾高阳，
浓霭成裳，
无处行寻庭外芳。
秋诗一两穷思尽，
无语一行。
残景茫茫，
待作新词慨而慷。

Picking Mulberries · The Bleak Winter Scene

Blown thousands of inches up in the sky,

Locked in the heavy fog, the sun's shy.

The thick fog envelops the land everywhere,

So flowers are not sighted anywhere.

One or two lines could use up one's mind,

No extra words one can find.

With the bleak winter scene,

One is likely to have a rhyme so clean.

scene *n.*	景象
envelop *vt.*	覆盖，笼罩
one *pron.*	不定代词，此处指作者

●背景及中文大意

　　寒风吹日千千尺，几怼残庭欲语殇。2017年1月5日，浓雾锁日。这首诗描写了隆冬日常景：天高日远，雾浓锁日，且无处寻芬芳（因天寒地冻而不愿去寻梅而得香）。最后两行，重在写"有景才有思"，哪怕冬景凄凄，也能孕生诗意。这首诗实际在写作者正面临着如此困境。

天净沙·说图

一枝两杈黄梅，
对空如欲双飞，
几朵娇颜绽放，
　花拥簇簇，
似说冬去还回。

Sunny Sand · On A Picture

A wintersweet twig, forky in pair,

Soaring in the air,

Several in full flower,

In many a cluster—

What goes and returns is winter.

forky *adj.*	分叉的
pair *n.*	一双，一对
soar *n.*	高飞，翱翔
air *n.*	天空
cluster *n.*	群，簇

●背景及中文大意

图中两杈梅一剪，几欲双双对对飞。2017 年 1 月 22 日，隆冬殆尽，寒梅绽放时。友人示图，黄梅一剪双杈，妙趣横生，俨如蝴蝶成双。一幅严冬中的黄梅图，在寒冷的深冬里让人感受到一丝生机，感到春就在不远处。这首诗表达了诗作者对暖春的期盼和向往。

初雪

纷纷洒落三千尺，
一阵疾风卷载烟，
漫漫依依栖赤叶，
玉红片片雪织帘。

First Snow

Snow fell from heaven, dancing,
A gust of wind blows it fuming,
The red leaves weren't hit tattered,
But like red jade, snow-coated.

dance *v.*	跳舞
fume *v.*	冒烟，冒气
tattered *adj.*	破烂的
jade *n.*	碧玉，翡翠
snow-coated *adj.*	被雪覆盖的

●背景及中文大意

　　六出偶访扬州日，片片白花也纺帘。初雪临扬，飘飘洒洒，自空而降，一阵风过，形成雪烟。漫天飞舞的雪花，飘落到未凋的红叶上，在白色的映衬下，红叶如玉，两相交织，在眼前形成一帘幽梦。这首诗描写了扬州的冬雪美景。北方的雪厚且干，而雪来之时，除了松树以外，其他树上多是没有叶子的，因此北方的雪景呈单一的白色。而扬州虽不是年年有雪，但雪来时，许多树上仍绿叶葱葱。这首诗里写的是枫树上的叶子仍未尽数凋零，此时冬雪不期而至，形成了别番如梦的雪景。

冬日

候燕南飞去，
阳光几米强。
偶成云卷日，
漫漫雾夹霜。

A Winter Scene

For the south swallows have left.
The sun has lost his solar heft.
Sometimes it's veiled by the cloud,
While fog and frost form a shroud.

swallow *n.*	燕子
solar *adj.*	太阳的
heft *n.*	力量，能量
veiled *adj.*	被蒙上纱的
frost *n.*	霜
shroud *n.*	覆盖物，笼罩物

● 背景及中文大意

三冬残日微一米，霾雾昏昏又带霜。扬州，冬日，燕儿已南飞，太阳已失其昔日熊威，似乎只能照射到距离其最近的地方，云也偶尔遮挡了他，又或者是漫天的雾气和寒霜遮蔽了他的光芒。这首诗以太阳为线，描写了冬日的凄凉景象——阳光似乎陷入了重重危机，连云也会来遮蔽其光芒，漫天的迷雾和寒霜正如邪魔当道，联手锁住了可贵的冬日远阳。

冬

晨时清冷土尘扬，
日照楼缘万道光。
鸟雀啾啾谁耳畔，
树梢丹桂几时黄?

Winter

On a clear winter morning, to the dirt one is not blind,

The condo hugs the sunshine to its bosom.

While sparrows chirp just behind,

I wonder when the osmanthus would again blossom.

dirt *n.*	灰尘
blind *adj.*	视而不见的，未察觉的
condo *n.*	公寓楼
hug *v.*	拥抱
bosom *n.*	胸怀
sparrow *n.*	麻雀
chirp *v.*	唧唧的鸣叫

●背景及中文大意

　　高阳偶放光千道，疾去光阴莫续冬。清冷冬晨，空气难得清新通透，阳光从空中洒下，照射在楼上，反射出万道光芒。啾啾的鸟鸣声俨如就在身后，不禁想到树上的桂花要到明年秋天才会再开了。这首诗记录了冬季偶有的通透，未南飞的鸟儿鸣叫着，似乎也在为这份干净而雀跃。最后一句写作者的希望和期盼。

向冬

直前此去净朝冬，
一路皑皑自太穹。
多少二龙湖畔事，
恍如前世远江东。

Towards Winter

Marching ahead to winter all the way,

A vast expanse of white snow falls merry and gay.

Many happenings by Erlong Lake

Seem to be my other lifetime far away.

march *vi.*	前往	
happening *n.*	发生的事	
Erlong Lake	（作者家乡的）二龙湖	

● 背景及中文大意

六花直下何时事，恍惚入梦可无同？2015 年 11 月 9 日，秋深深处是遐思。入冬迎寒，心中已有备，并向往着好似故乡如斯美丽的雪花。这样的时节撩起了诗人对于童年、少年时的许多往事的追忆（二龙湖：诗人家乡附近的一个湖，此处代指诗作者的家乡黑龙江省哈尔滨市宾县）。于诗人而言，生活的变迁，时间的流逝，让其感觉少时的冬日，那茫茫大雪，仿佛隔世。

暖意霜随

东风不懒霜相随，
处处枯黄竟又回。
斜雨潇潇约首聚，
霜来折柳尽摧薇。

Frost after Eastward Wind

Eastward wind delays winter frost,

While dead fallen leaves make me lost.

After autumn drizzles blow askew,

For willows and grass, torture is due.

frost *n.*	霜
fallen leaves	落叶
lost *adj.*	困惑的，迷惑的
drizzle *n.*	蒙蒙细雨
blow *vi.*	被吹
askew *adv.*	歪斜地
torture *n.*	折磨
due *adj.*	到来的，预期发生的

●背景及中文大意

　　东风不冷霜前暖，细雨潇潇柳尽摧。2015 年 11 月 17 日，冬来秋驻之间。东风又来，天尚不觉冷。然而，从时间上来看，对于生长于北方的作者而言，应该是寒冬季节了，所以对于她来说，这是一个困惑的季节，到底是秋还是冬。诗人此时便盼望冬的到来，从而打乱秩序，以至春来时能重新生机勃发，因此急于撰文以描写冬的景象。其实已经是冬天了，却又是一派秋风、秋景。但当秋雨斜下，诗人臆想霜冻即将到来。诗中表为写景，其实抒情。诗中温暖的表面景象，暗喻世人处事的表面态度，潇潇斜雨暗喻发生的事情，只有真到雨来时，方能了解人之真心。

冬来徐

冬来袅袅解秋徐，
落叶霏霏雨雪靡。
凛凛窗寒霖欲霁，
飞黄红絮只须臾。

Winter Paces up Slow

This year winter is coming slow;

As fallen leaves swirl down without snow.

The chill rain's surpassed its prime,

When the seasonal shift takes just a short time.

swirl *v.*	打旋儿
chill *adj.*	寒冷的
surpass *v.*	超过，度过
prime *n.*	全盛时期
shift *n.*	变换

● 背景及中文大意

　　凛凛窗寒霖欲霁，飞黄红絮只须臾。2015 年 11 月 17 日，初冬未冷，诗人对冬天既盼又怕，盼着冬临获雪的兴奋，怕着冬来随影的寒冷。十一月份这秋冬交替之时，秋意仍行，显然已经超越了它的时段。所有的秋季，落叶缤纷、老枝枯黄的季节及其美好都非常短暂。

冬或秋

濛濛烟雨落渠堤，
冬景无言却作题。
几处寻菊独悦目，
公孙树下未秋离。

Is It Winter or Autumn?

Misty, the rain falls into the rill,

While the scene brings forth no poetic thrill.

Hardly found is the winter hint,

For heavy is the under-tree autumn tint.

misty *adj.*	有雾的，朦胧的
rill *n.*	小溪
bring forth	产生
poetic *adj.*	诗歌的
thrill *n.*	激动，兴奋
hint *n.*	暗示，线索
tint *n.*	色调，色彩

● 背景及中文大意

　　秋冬不解伊人意，残景失颜怎作题？ 2015 年 11 月 21 日，深秋驻步冬何在？冬季来临，诗人拟以冬景为题赋诗一首，但见窗外的"冬"，却没有使其动心的"色"，只因满目望去，却无寻冬迹，连窗前的银杏树下还是重重秋色。这首诗写秋与冬的交替过程中，秋的离开之日并非如此凿凿。

218

冬

秋影重重瞬至冬，
寒来几日却憧憧。
日出狷介和而泰，
土硬春藏且杯觥。

Winter

Short autumn doesn't stand the winter pull,

Cold a few days with a golden foil.

The sun's up, its light mild and peaceful,

While soil hardens where you don't toil.

stand *v.*		忍受，对付
pull *v.*		拖，拉，此处指影响
foil *n.*		衬托
mild *adj.*		温和的
peaceful *adj.*		安宁的，平静的
soil *n.*		泥土
harden *v.*		变硬，硬化
toil *v.*		辛苦劳作

●背景及中文大意

　　歧路匆匆冬几日，寒凉交替教憧憧。2015 年 11 月 30 日，诗人获取了博士学位，欣喜如历经金色的秋天，美好却短暂，迅疾又被生活中现实的艰难所替代，虽然艰难之中也偶有对之前的闲适和得意的回味，就好像初来的冬天和即将逝去的秋天在交替的过程中，初冬的日子里还是会不时地笼罩于金色中。但冬天就是冬天，阳光虽仍然照耀，却不再像其他季节那样强烈，那么便适时地休憩吧。

忆江南·隆冬

登高处，
一丈绿青葱。
遥想少年身愁客，
伶仃忧绪枉成庸。
秋去已隆冬。

Recalling the South of the River · The Depths of Winter

Climbing to a great height,

I see a vast extent of green.

Thinking of the old sight,

Lone and worried, I remain unseen.

In winter, my way ahead I fight.

fight one's way ahead　　　拼搏向前

少年孤对红尘事，苦历人生入盛冬。登高而眺，四周仍有一片生机，盎然尤绿，不见入冬的痕迹。然而回首少年韶华，孤身独对红尘事，常常沮丧而不知所措，独自面对，总有孤苦之感，人也渐成庸才。最后一句，笔锋突转，"秋去已隆冬"，是一语双关，既写冬季的到来，又写似乎人生的冬季将到来。

采桑子·冬作

暖阳生煦瑶池上，
似坐云端，
冬鸟鸣千，
一日扬尘两月烟。
床头冗榻手足冷，
思念一番，
如坐针毡，
欲作还休待几年？

Picking Mulberries · Working on a Winter Day

The sun shines upon me;

I feel like sitting on the cloud, dreamy.

Winter birds chatter a great deal;

A day's smog needs two months to heal.

The working table terribly messy,

My hands and feet unbearably chilly,

Meditating with no peace of mind,

I wonder how long the way is to wind.

dreamy	*adj.*	梦幻的
chatter	*v.*	（鸟）叽叽喳喳
smog	*n.*	烟雾
heal	*v.*	治愈
messy	*adj.*	混乱的
unbearably	*adv.*	不堪忍受地
chilly	*adj.*	寒冷的
meditate	*v.*	沉思
wind	*v.*	弯曲，缠绕

●背景及中文大意

　　隆冬如坐针毡事，欲作还休待几年？2015 年 12 月
21 日，冬寒之至，人皆于大潮之中，只能随波。前三行
写景，第四行过渡于现实。从自然环境写起，又过渡于
现实，诗人以自己的卧榻为轩、床头为案，忍受着南方
冬天特有的刺骨"室内"寒冷，同时仍需为"题"而思，
如坐针毡。最后一行白描作者的心中所思，表达了无奈
的心情。

浣溪沙·乡

初雪银装碧木荒，
兼葭冰冻水粮藏，
少年一去已成乡。
无可奈何冬落霜，
似曾相识春归芳，
丹心一片莫彷徨。

Silk-Washing Stream · Hometown

The town often sees trees snow-capped,

And the earth snow-wrapped,

I left hometown after I packed.

In winter frost visits like in hometown;

In spring flowers come out like in hometown;

So here too is my beloved hometown.

snow-capped *adj.*   顶部被雪覆盖的

snow-wrapped *adj.*   被雪覆盖的

● 背景及中文大意

    少年辗转燕入楚，冬寒日日念家乡。2016 年 1 月 12 日，隆冬时节。诗人 18 岁前都生长在北方，南方于她而言是：温暖、芬芳、单衣，从来没有想到南方的冬天也会有霜冻。诗的前三句写了家乡"燕地"（诗作者喜用"楚"来指代扬州所在的地区）冬天的情景；第三句为过渡句，写诗作者离开北地之后，那里成了故乡；第四五句笔锋突转，写现在生活的地方也渐渐成了自己的家乡，那如北方一样冬季如时而落的霜冻，那春日花开的芳香，不正如少年时在家乡所历经的一样？本诗旨在写，诗作者逐渐熟悉了目前所生活的城市，感觉这里就是少时生活过的地方。如是，也不必再思量哪里才是家乡了。

蜡梅

寒冬腊月愈浇漓，
敛色梅香一段奇。
绮丽婀娜冬映色，
妍于百里遂妖姬。

The Wintersweet

In the coldest time in lunar December,

Retaining hues and smelling sweet,

Pretty and graceful, she blossoms winter,

So fine a thing that no other one can beat.

lunar *adj.*	阴历的
retain *v.*	保持，保留
hue *n.*	色彩，色度

●背景及中文大意

　　腊月寒冬当怒放，梅花潋滟不争春。2016 年 1 月 17 日，蜡梅初绽，赫然发现一树绽放的蜡梅，酷寒的天气里"敛色生香"，堪称一个奇迹。她美丽而端庄，秀外而坚强于内，为相比其他花朵所最可敬之处。

扬州之雪

青山迤逦雪相残，
漫舞长街乱驾辕。
深巷无踪寻去迹，
落清素暮化池潭。

The Snow in Yangzhou

The greenish hills witness the waning snow.

Which inconveniences the traffic so.

The alley is not snowy any more.

While melting of itself saves the chore.

wane *vi.*	消失	
witness *v.*	目击，见证	
inconvenience *v.*	打扰，麻烦	
alley *n.*	巷	
melt *v.*	融化	
chore *n.*	令人厌烦的任务	

●背景及中文大意

深巷无踪寻去迹，落清素暮化池潭。2016 年 1 月 23 日，扬州有雪。扬州地处长江沿岸，冬季的雪后少有积存，多是落地融化。下雪时，天气仍然寒冷，故而路面湿滑，对开车人是较大的挑战，时常发生交通事故。看人迹罕至的深巷，林深处，雪已经没有踪迹了，还有的雪掉进河水、池塘里融化了，也免得环卫工人去清扫了。

江南残雪

落雪无形消百般，
不堪枝重总低弯。
孩童嬉戏寻踪迹，
无奈江南雪尽残。

The Melting Snow along the Yangtze River

While the fallen snow was gone in town
The twigs had on such a crown.
Children tried to trail it while they play,
But snow was no more all the way.

crown *n.* 　　　　皇冠

trail *v.* 　　　　追踪

　　江南巷市寻无处,天降未时雪已残。2016年2月6日,春发冬残。春天已悄然走近,而冬季即将过去,但扬州之冬如北国之冬,并不情愿地离开。二月初,雪竟然如严冬而降,毕竟是春来的季节,缤纷的雪花便不能久驻,尤其是在城市里,有人迹的人行路上、有车行的马路上,雪刚落下,便已不见了足迹。落在树枝上的雪,竟然还能驻留须臾,不至立即融化,有些树枝竟然还被压出了弯度,堪称奇景。想出来玩耍的孩子们想在地上寻找雪的踪迹,可惜再也找不到了。

232

嬉雪

冰天雪地自为栏，
万缕阳光照雪残。
一夜积来及北地，
儿童嬉戏不觉寒。

Playing with Snow

In the snowy playground,

Spoiled though by the sunshine around,

The overnight snow coats the plant,

Children frolic not feeling chill that does abound.

spoil *vt.*	破坏，损坏	
overnight *adj.*	通宵的	
coat *v.*	覆盖……的表面	
frolic *v.*	嬉戏	
chill *n.*	寒冷	
abound *vi.*	充溢，大量存在	

●背景及中文大意

　　盖土冰天及北地，厚衣闹雪不觉寒。2016 年 2 月 1 日，前夜大雪，扬州罕见。一夜骤来，绿植成盖，女儿与小伙伴，棉衣厚裤，雪地中嬉戏。衣裤厚也，嬉戏乐也，不觉寒冷。这首诗描写了在扬州见到雪景的兴奋之情，孩童的"不觉寒"体现出南方的雪给人们带来的新奇感。

正月雨

正月雨绵绵，
西风染绿间。
若非身上袄，
以为正梅天。

The Rain in Lunar January

In lunar January it rains non-stop.

The green westward wind does trigger.

But for my cotton-padded top,

I would believe it's rainy summer.

lunar *adj.*	阴历的
trigger *vt.*	引发，触发
cotton-padded *adj.*	棉的
but for...	要不是……

适逢正月雨，西风送绿来。2016年的正月阴雨连连，冷也不似昔年，西风刮起，身体觉得暖气袭来，倘若不是身上穿着棉服，仿佛身处初夏的黄梅天。南方多雨，雨来而润，雨来亦湿，每每难耐。正月本干，奈何天公无常，数天霖霪。此时正值冬去春往，西风催绿，有希冀，然与霏霏绵雨之遇，好生尴尬。人生如此，世事无常，虽突发不悦之事，但仍期待美好。

临江仙·初冬初雨

红叶黄花何处是？
徐徐细雨扬扬。
离离葱木楚萦桑。
谓其今属楚，
颦蹙泪千行。
崇最潇潇绵雨后，
教人愈怕冬长。
谁能未感夜凄凉。
恍惚多少梦，
为百绪衷藏。

The Riverside Fairy · The First Rain in Early Winter

Maple leaves and yellow flowers are found nowhere;
Only drizzles rustle in the air.
The lush green bears a large share of the here.
Despite some unabiding good cheer,

Brows knit, I meditate about something dear.

 Adoring the scene after rain,

I'm afraid the winter would remain,

And so will the night's freezing pain.

With the beans the chamber mill is filled,

They would never be spilled.

● 词汇解析

nowhere *adv.*	哪里都没有
drizzle *n.*	毛毛细雨
bear *v.*	拥有，持有，具有
a large share of	……的一大部分
unabiding *adj.*	转瞬即逝的
knit (knit knit) *v.*	编制
adore *v.*	爱，非常喜欢
freezing *adj.*	极冷的
chamber *n.*	卧室
spill *v.*	散出
chamber mill	此处指女子的闺房，与 spill the beans（意为"泄露秘密）"中的 beans 相呼应的。

潇潇冬雨眠中梦，百绪衷藏莫告知。2016 年 11 月 21 日，深秋之时，初冬之初。秋深至此，红叶黄花逐渐凋零，年年此时深秋雨，落叶落花愈冷去。这首诗上阕写秋末冬初的"花无处却绿仍苍"的景象，以景写心，"秋花不见"是说景象的残败，但葱绿却表示还有希望。下阕直叙：在这样的季节里，对即将来到的冬季寒夜的惧怕。

临江仙·冬日

楚水冬凉残去了？
　独尝一刻夕阳。
葱葱芊木溢刍裳。
　明明寻日影，
　恍恍步徜徉。
云雀啁啾别式样，
　可曾讥笑冬藏？
沁脾淡淡桂花香，
　闻黄金满树，
　怜季季秋殇。

The Riverside Fairy · Winter

I enjoy the setting sun
While the river water has run cold,
And the lush green is still on.
Stepping on my shadow, I strolled.

Birds chirp in a differed tongue.

Was that to mock the fat I hold?

Light-sweet scent stealing into the lung,

Seeing the tree hanging in gold,

I can't help sighing for autumn that died young.

●词汇解析

set（set set）*v.*	（太阳、月亮）落下
the setting sun	正在下山的太阳
the lush green	葱翠的绿树等
on *adv.*	在进行当中
stroll *v.* & *n.*	溜达，散步
chirp *v.*	（鸟，蝉等）叫
differ *v.*	持不同看法，不同
tongue *n.*	舌头；语言
mock *v.*	嘲笑，讥笑
fat *n.*	脂肪（不可数）
hold（held held）*v.*	拥有，持有
steal into	偷偷溜进
hang *v.*	悬挂
can't help	禁不住……

云雀啁啾声愈远，未曾讥笑女冬藏。2016 年 12 月3 日，初冬秋意在。黄昏时分，沿河徜徉。初冬，树木依旧绿着裳。自顾闲适的人儿，在夕阳下追踪着自己的影子，聆听自然的声音——小鸟的啁啾，好像听到鸟儿在嘲笑她日渐丰腴的身材。这时，桂花香飘来，原来是河边桂花树上残留的几朵桂花。看到此景，倏然怜惜起秋之早殇。

天净沙·扬州之冬（一）

茫茫雾霭重重，
匆匆八野空空，
几日容颜骤绽。
葱茏聚散，
此为中楚之冬。

Sunny Sand · Yangzhou's Winter

The mistiness vast,

The sunshine goes away fast.

When was it here last?

The lush verdancy has gone past!

So is winter cast.

mistiness *n.*	雾蒙蒙
vast *adj.*	巨大的，辽阔的
last *adv.*	最近一次，上一次
verdancy *n.*	嫩绿
past *adj.*	刚过去的，从前的，结束了的
cast *v.*	浇铸，铸造（此处为比喻用法）

●背景及中文大意

雾霭茫茫空四野，楚中到此也呈冬。2017 年 1 月 4 日，隆冬霾重，此时正值一年中最冷的季节。冬日雾重，往往见不到太阳。在寒冷干燥的日子里，太阳也偶尔会出来，阳光充足，但毕竟已隆冬，葱绿苍翠不如秋。

天净沙·扬州之冬（二）

残黄桂淡梅从，
瓣红苞染冬隆，
退却秋枝杏绿，
枯荣序展，
此时寒意才浓。

Sunny Sand · The Winter of Yangzhou

To the wintersweet yellow fall flowers retreat,

When the depth of winter the red petals and hued

buds meet;

The autumn green retires,

As the plant grows and withers.

Lo, the dead of winter it is.

retreat *v.*	撤退
wither *v.*	衰落，枯萎
the dead of winter	隆冬

●背景及中文大意

退却秋枝杳碧，此时冬意才浓。2017 年 1 月 2 日，冬隆梅开。月桂开放期是十月中旬至十一月中旬，有时花期能持续到蜡梅花开。每个季节都有一种花。一天陡然遇见蜡梅花开，而桂花已经不见踪影，于是她才意识到秋天已经离开了，不由得感叹起自然万物的此消彼长。

临江仙·2016 扬州初雪

洒洒潇潇昨日雨，

飘飘落去如蒲，

苍苍千木素妍初，

楚冬银入宿，

一展美人图。

三季澄好为幕里，

此间人享其福?

谁人未感好江苏！

春秋多少景，

最美瘦西湖。

The Riverside Fairy · The First Snow of Yangzhou in 2016

The whistling rain yesterday did blare,

Like dandelion seeds blown in the air.

Many trees—a familiar sight,

The winter sees white reside.

What a picturesque queen!

Three seasons, each a good scene,

People in Yangzhou enjoy.

About the good of Jiangsu no one's coy.

In spring or autumn, for how many views you quest?

In Slender West Lake one gets the best.

●词汇解析

whistling *adj.*	听起来像哨声的
blare *v.*	发出响而刺耳的声音
dandelion *n.*	蒲公英
familiar *adj.*	熟悉的
reside *v.*	居住
picturesque *adj.*	古雅的
scene *n.*	景色
coy *adj.*	含糊其词的
quest *v.*	追求，寻找

●背景及中文大意

洒洒潇潇昨日雨，苍苍千木素妍初。前日刚落雨，次日雪漫天，树裹银装，冲尘世界，茫茫一片。雪中的扬州城，格外古色古香。长居扬州者，春看柳生翠岸，夏赏粉荷盛放，秋览菊桂处处，冬见千木素妍。但说美景，无与春秋季的瘦西湖相伦比者。

248

楚冬

三竿冬日使微醺，

长盼春来未见君。

无奈苍穹盛（chéng）碧色，

蒙蒙旖旎似霞赟。

The Winter of Yangzhou

The winter sun rises, enchanting.

Where is the long-expected spring?

Only that under the sky is all green,

As great as the evening glow, a fine scene.

enchanting　*adj.*　　迷人的

expect　*v.*　　期盼，盼望

　　三竿冬日人如醉，旖旎霞赟偶对痴。2017 年 1 月 22 日，久违冬日。冬季的太阳不如夏季那样强烈、耀眼，微弱的光照亮了大地，光也清冷，而诗人思念温暖、生意盎然的春天。然而冬天的路程仍似久长，只能静下心来，享受冬天，欣赏漫天雾霭的天空。

250

盼春

久在长江岸，
多时未北归。
冬寒觉不好，
总盼碧春回。

The Loitering of Mind

Living by the River a long time,

Wishing to see my hometown's rime,

Not fond of the winter here,

I'm eager to listen for spring chime.

●词汇解析

the River	长江
rime *n.*	雾凇
be fond of	喜欢【注】fond 为表语形容词，鲜 见于定语的用法。
listen for	听盼
chime *n.*	报时装置; 钟声。注此处为比喻用法。

●背景及中文大意

　　冬寒在楚觉不好，总盼春来碧翠归。诗人生于中国东北，现居江苏省扬州市。她怀念北方的冬天，怀念白霜，怀念冬日室内的温暖，怀念那个期待着春节团圆的童年的自己。扬州的冬季，室内外几乎同温，只有严寒，所以诗人迫切期盼着春天能带着温暖一起回来。

252

其他

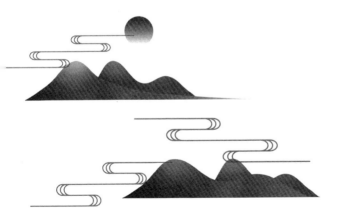

梅赋

梅发元月早，
二月树千花，
万秀红山屿，
初春最看她。

Ode to the Wintersweet

The wintersweet bud in the coldest time.

In February she's in her prime.

She adorns the winter hill,

Pretty too by the spring rill.

wintersweet	*n.*	梅花
bud	*v.*	发芽
prime	*n.*	鼎盛，盛时，全盛时期
in one's prime		正值……的全盛期
adorn	*v.*	装饰

● 背景及中文大意

梅放千丛元月早，初春红秀最因她。2016 年 3 月 3 日，蜡梅仍在。梅常结朵于腊月（通常是公历一月），次月（公历的二月）则恣意绽放。隆冬腊月，远处的小山因梅花而变得灵动美丽；春日出临，乍暖还寒，梨花、樱花和杏花尚未结出花苞，河边梅花却仍在绽放。梅花的高贵不仅在于其耐寒，更在于她不与春花争艳，而是在春花逐一开放之时，她便悄然退出舞台。

长相思·令君图

城之茵，

水之茵，

杨柳蓁蓁碧长芩，

离离原上心。

天上寻，

水上寻，

裙袂飘飘为令君，

空灵秀若云。

Long Longing · A Photo of Lingjun

The land green,

The water green,

Poplar and willow lush and serene,

Her figure's fine and clean.

A heaven scene,

A river scene,

It's a photo of Lingjun in a dress at eighteen.

Fairylike she has been.

● 词汇解析

| figure | *n.* | 身材 |
| clean | *adj.* | 流畅匀称的（指身材等） |

● 背景及中文大意

离离原上心，空灵秀若云。令君，女诗人，诗友，此诗为赞其依水玉照。令君立于水面长桥之上，水岸边杨柳依依，正是春光明媚。水面微风拂过，女子裙袂飘飞，与水、与云相印成彰，仿佛落凡的仙子般清秀可人。

中国梦里古城图

洋洋洒洒雪千株，
素玉皑皑楚未疏，
绿树银装稀客影，
中国梦里古城图。

A Picture of Yangzhou's Winter

Thousands of snowflakes soar in the air;

Yangzhou's become a winter fair.

The snow-capped green witnesses few out of lair,

Which renders the town bare.

snowflake *n.*	雪花
soar *v.*	高飞
fair *n.*	游乐场
snowcapped *adj.*	顶部被雪所盖着的
lair *n.*	巢穴，躲藏处
render *v.*	致使
bare *adj.*	赤裸的；空的；无遮盖的

●背景及中文大意

　　六花洒洒稀人影，素玉苍苍梦里图。扬州，中国古城，冬季亦见雪花洋洋洒洒，白茫茫。昔日葱绿碧树木，银装素裹；路上行人稀少。好一副雪中古城景象！

止心

夜色凉如水，
更深似正浓，
影形只单立，
心去水之东。

A Still Heart

It's as cold as ice;

It's in the middle of night.

Figure and shadow embrace thrice;

My heart isn't gonna fight.

still *adj.*	静止的
embrace *vi.*	互相拥抱
thrice *adv.*	三次，此处用于指多次

●背景及中文大意

凉凉夜色只单立，形影相携水往东。诗作于 2017年 1 月 1 日，冬心止水。夜色凉凉，冬意渐浓，寒冷让世界静止，让人感觉天地之间只有孤身一人，心思怅然，凉凉长夜让人没有希望，心随水流去他乡。冬日诗作，近显冬日的寒冷，写出了作者对南方冬季的无奈。冬季的透心寒冷，让人没有斗志，没有希望，感觉无助。

说梅

红梅一簇簇，
香暗饰隆冬。
不与争丹上，
但输春日荣。

Ode to the Wintersweet

The wintersweet grows in cluster.

Whose light sweetness is gone with winter.

In no attempt to be a competitor,

Retreating on arrival of flowering spring whatsoever.

retreat *vt.*　　　　　离开，退出

whatsoever *adv.*　　　无论如何

●背景及中文大意

　　其花不逊桃梨李，只愿孤独守隆冬。2014 年 3 月 29 日，春暖赞梅。春光三月，冬日已远，千花竞相争艳，红粉枝头，而在繁花凋零的时节，曾独自静放、成为枯冬唯一华彩的蜡梅已悄然退出百媚争艳的尘世。此诗中的"输"字，不表输赢，为"退出"之意。诗中的二十字，从简短的对花貌的描写，笔锋旁逸，直写其"孤饰严冬"的品质，第三句写其不争，第四句写其甘心退出，写出了蜡梅"雪中维景""不争不抢""主动让贤"的高尚品质。

潸然

嗔念人间事，
谁能尽了然。
念君之臂痛，
欲教素襟霑！

Me in Tears

Many happenings on earth,
One wouldn't expect from birth.
On his broken-arm fright,
I can't hold my tears aright.

| happening *n.* | 事件 |
| aright *adv.* | 正确地 |

谁道人间福祸事，百千欲教泪襟霑。世间诸事，无不难料。那年车祸，臂几乎断，上天垂怜，断而复愈。次年，四月又施刀，欲除臂中板，妻女相伴，感同身受，为君潸然。遂作诗为记。这首诗旨在感叹：人生在世，诸多意外之事，全不在意料之中；想起丈夫手臂受伤之事，不禁潸然泪下。

怜青丝

乌发原十万，
一撩愈怖惊。
日前丢几缕，
只见落丝青。

Pity on Fallen Hairs

I do have thick hair,

But falling a lot is a nightmare.

Several wisps fell the other day,

To find the fallen ones not grey.

nightmare *n.*	梦魇，噩梦
wisp *n.*	一缕，一绺
the other day	几日前

●背景及中文大意

乌发青丝原不断，区区几缕教人惊。此诗作于 2014 年 5 月 25 日，晚春有感落丝青。年方近不惑，落丝频频。大学时代，曾听一位谢顶的教授讲起，"落发不白，白发不落"的掉发法则，当时年轻，不曾理解。时光荏苒，转眼那当年的韶华已留在当年，今日的作者亦能体会当日教授的"落发法则"。"十万"为虚数，用以描写头发本来之多。"丢"，此处表脱落，用丢一字来表达作者不情愿，并暗示韶华被时间偷走。

诗

诗作当一定，
相思万赋淘。
一词吟怅惘，
两首舞弓刀。

Ode to Poetry

When a topic is found,

My thoughts start to abound.

I write on low spirits,

I also write on squabbles around.

ode *n.*	颂诗
thought *n.*	思绪
abound *v.*	丰富，大量存在
squabble *n.*	争吵

● 背景及中文大意

尽淘思绪成一首，吟就波澜唱祸福。于诗作者而言，诗是最好的一种表达方式。一旦选定主题，则吾思尽淘。诗，让诗人的思想尽情地表达，可以以"情志的怅惘低迷"为题，也可以以"细琐家事"为题，天上人间，好坏嗔痴，尽情抒放你的思想和感情。诗，是你的札记，是你的经历，是你的伙伴，是你的人生。

迎吉

冬去春来到，
秋收夏长疲。
本缠千百晦，
何事有神吉。

Good Luck, You're Welcome

Winter gives way to spring.

Weariness summer and autumn bring.

Haunted by ill luck,

In God's arms I duck.

give way to　　　给……让路

weariness　*n.*　　疲惫

haunt　*vt.*　　缠绕

duck　*v.*　　躲

　　秋冬又去新春到，从此开门遇大吉。又是新年，新旧交替，去晦迎新。夏使困倦，秋使收。余时运不佳、病气缠身，望新除旧，期诸事皆顺，有如神助。前两句写出一年的季节更替，第三句写近年的失运状态，第四句写自己对有神能来相助走出困境的希冀。

十六字令 · 说梅子

彤，

碧叶如新满幕红，

匆匆见，

一树小桥东。

A Sixteen-Character Poem · Ode to the Bayberry

All red.

With it, a new sight is fed.

Gone soon,

Past a bayberry tree I tread.

fed　　　　　　　　（feed 的过去分词）供给，提供

bayberry *n.*　　　梅子

　　年年六月霏霏雨，碧叶如新满幕红。2016 年 06 月 09 日，又是梅红时。诗人在桥边徜徉独步，此时正值梅子成熟的季节，小桥边的梅子树上缀满绛紫的果实，远处望去，竟如红霞一般，煞是美丽。于是有感而发。中文大意：树上的绿叶青翠欲滴，仍如新叶一般，绿叶中点点红霞。是样的树上红霞，总是匆匆离去。

十六字令·赞令君

君，
婉碧清新百里寻，
仙姿落，
凡宇畅浮云。

Ode to a Fair Lady

A lady,

Gentle, graceful and pretty,

Down from the heaven,

She is a fairy maiden.

ode *n.*	颂歌
fair *adj.*	（古诗）美丽的
graceful *adj.*	优雅的
fairy *adj.*	优雅的，美丽的
maiden *n.*	少女，未婚女子

●背景及中文大意

纤尘不染好国色，婉碧清新百里寻（2016 年 6 月 23 日）。此诗所赞，是同为英语教授的一位诗人，名叫令君。君，诗友，美女词人、诗人。旧照中，她身着长裙，裙袂飘飘，优雅美丽。令君这样的女子，如温婉的小家碧玉，清丽脱俗，世间难寻。如此佳人仿佛从天上落入凡尘，她就是那仙子一样的少女。

君子

君应善自心，
文质且彬彬，
不总闻其怨，
博博太腑襟。

To Define "Gentleman"

A gentleman is kind,

Courteous and fine.

To blame he's not inclined,

With a broad mental shrine.

courteous *adj.*	谦恭有礼的
fine *adj.*	有风度的，仪表堂堂的
broad *adj.*	宽广的
shrine *n.*	圣地

●背景及中文大意

　　谦谦君子无争斗，文质彬彬太腑襟。所谓君子，应内善外文，不怨于口，且有气量。博，为"广，大"之意；太，"大"的意思；腑襟，"胸襟"的意思。

心舒

清风抚袖来，
一缕绽心开。
举目一千里，
尘除往日霾。

Feeling Restored

My sleeves are fondled by the breeze
That blows into my heart for a tease.
I look out into an infinite distance,
Finding the old bothers gone with ease.

restore *vt.*	使恢复
sleeve *n.*	衣袖
fondle *v.*	抚摸
for a tease	逗乐
infinite *adj.*	无穷尽的
bother *n.*	烦事

●背景及中文大意

　　欧湖四月封尘事，一缕清风抚袖来。诗人旅居夏威夷时，身体逐渐恢复，卷心舒展，文字亦透清新之意。微风吹拂衣袖，吹走了旧疾，吹散了烦恼，教人心情绽放。看向远方，望不到尽头，在那望不到劲头的地方，烦恼、病痛尽逝，只有香凝露浥。这首诗写出了诗人对驱除病痛，抽离烦恼的期待和决心。

长相思·身向扬州那畔行

风一更，

雨一更，

四月听闻风雨声，

临别天欲晴。

山一程，

水一程，

身向扬州那畔行，

长思自苑亭。

Long Longing · Heading for Home

Two hours of breeze,

Two hours of rain,

Four months with the clamor, we are at ease.

When leaving, the sunshine we start to gain.

Over a range of mountains,

Across an expanse of sea,

Our trip to Yangzhou begins.

For quite a time, at home we've longed to be.

●词汇解析

| clamor | *n.* | 喧哗声 |
| long | *vi.* | 渴望 |

●背景及中文大意

听闻四月风和雨，身向扬州那畔行。这首诗是诗人从夏威夷临行回扬州之前所作，当时夏威夷正值雨季。诗人在夏威夷的日子里，霖霏绵绵，却在东归前始见天晴。风声飒飒，雨声嗒嗒，数月间的雨季光阴如是缓缓流淌。临行之际，雨季将尽。一番（身心）修整，别过绵雨，别过烦愁，这雨季的结束是萧索的终结，是心灵的期盼，是生命的写照。抛弃怅惘，心怀希冀，越过一程山，游过一汪海，向家的方向昂首前进——那是我魂牵梦萦的所在。

采桑子·千语低

低吟浅唱良时去，
　　心绪低迷。
　　与女相依。
缠榻失声千语低。
而今此后无来计，
　　只念无疾。
　　疲累如斯。
曲奏庭花教叹息。

Picking Mulberries · a Whispering Sound

Chanting the good old days,

I can't even feel the solar rays.

With only my daughter around,

I've got only a whispering sound.

I won't make plans from now on,

Expecting sick time to be gone.

Frail and weary,

I'm in no mood to enjoy— a pity!

● 词汇解析

recall *v.*	回忆
solar *adj.*	太阳的，日光的
whisper *n.*	耳语
frail *adj.*	虚弱的
weary *adj.*	疲倦的
mood *n.*	情绪

● 背景及中文大意

　　低吟浅唱良时去，缠榻失声千语低。爱人负笈从学，远隔重洋，诗作者与女儿两人独自相依。翰墨为伴、吟诗作词的美好时光已成为过往，此刻则黯然神伤，只有幼女伴之左右。卧床不能起身，且失声不能语。今后，无诸多计较，仅期待身康无恙。如是疲劳倦怠（而无心玩赏），可惜了春曲悠悠，可惜了中庭满花的妙味景致。没有享受的心情是一件十分令人惋惜的事情。

长相思·送许国新教授

山一程，

水一程，

岁月峥嵘人不停。

若君水崭清。

欢谈声，

荧荧听，

道确临别无限情。

放心笑二更。

Long Longing · To Professor Xu Guoxin's Retirement

A range of mountains,

And a length of sea,

Memorable stories his life contains.

As clear as spring water he's apt to be.

A chat or two,

Or all ears.

To part we're so loath, true,

Looking together back on the gone years.

●词汇解析

memorable	*adj.*	值得记忆的
apt	*adj.*	倾向于……
all ears	*n.*	倾听
loath	*adj.*	不愿意的

●背景及中文大意

往昔岁月多留恋，道确临别无限情。2019 年 1 月 9 日，同袍致仕，对坐相叙。与许教授相识十几载，其人堂堂正正，为人潇洒，学识渊博，受同袍尊敬爱戴。我等围坐一堂，抚今思昔，感叹时光荏苒，岁月无追，欢送教授。席后，填词一首，赠予教授，以纪念同袍一场，以及同袍期间那飞逝的光阴。

归

滂沱夏雨柳梢低，
一载终结车马急。
茵茵棕榈将成往，
家苑扬州今善西。

Going Home

The rain pours, the willow branch low,

A year's passed, he hurries home so.

Those in Hawaii become the past;

And things are better than the West in Yangzhou.

pour *v.*　　　　　　（大雨）倾泻

　　芭蕉棕榈将成往，车马不停赶路忙。2018 年 8 月 18 日，夏雨终归。第一句兼写时间及环境，滂沱大雨中赶车衬托出赶车归家人的心情急切。同时感叹："茵茵棕榈"都将成为过往，扬州的家比美国的夏威夷要好！"茵茵棕榈"指代夏威夷的景色，"西"指代美国的夏威夷。文中的赶车人，是诗人负笈求学的丈夫，其人离家一载，如今学期已满。诗中写赶车人的"急"，以及写家比夏威夷好，写出了家人期盼团聚的急切心情及对美好的团聚的期待。

生查子·悼念好友李晓妹

去年冬就时，
湖畔楼前逗。
日挂柳梢头，
人悦茶余后。
今年冬就时，
湖与楼依旧。
不见去年人，
泪浸冬衣袖。

The Green Haw · Mourning for an Old Pal

In the earliest of last winter,

Between lake and building we did linger.

The sun was down over the tree,

When we chattered chuckling in glee.

In the depths of this winter,

Lake and the building stay as they were.

Yet one of us is forever gone,

We wail for she is that young.

mourn *vi.*		哀悼
linger *vi.*		徜徉
chatter *vi* .		闲扯
chuckle *v.*		咯咯地笑
glee *n.*		高兴
depths *n.*		最深处
gone *adj.*		不在的；死去了的
wail *v.*		哀号

●背景及中文大意

　　离人无扰红尘事，此去长安是天堂。2020 年 1 月 12 日，冬日怀人，甚悲凉。同袍好友，才女，晓妹老师，天性乐观，诙谐幽默，颖悟尚学，内蕴饱实，善于文字，且与人为善。每每与之相聚，便有机聆听其妙语连珠，吾等便贯注全神而倾听其珠玑之言，临别总恋恋不舍。这样的才女佳人，离吾等而去，皆悲痛之至，特填"生查子"一词，表达怀人之情。诗文从去年初冬相遇起笔，以今年隆冬之时无法相见而终文，以对比的手法写出了作者对失去好友的悲痛之情。上阕描写了作者与已逝友人去年冬天在校园里小聚的情景，"日挂柳梢头，人悦茶余后"，两句兼写出了小聚的时间及气氛，表达了日已斜下，却相聚甚欢而不愿分离的心情；下阕与上阕相对应的一是时间，二是"楼与湖"这个地点，以楼与湖的不变做对比，上阕写了人在楼与湖之间小聚，下阕用楼与湖仍在，而衬托人已不在的悲凉。最后两行直接抒发作者的情感。

长相思·但说喜此生

盛一程，

寥一程，

古尽悠悠人可能。

道其无可争。

此相逢，

彼相逢，

九水枯时仍有棱。

但说喜此生。

Long Longing · Make Your Life of Joy, Not Sigh

Honored,

Or humbled,

From of old, what one can't is NOT.

Whatever it is is sure to rot.

Apart,

Or around,

Have the edge till rills run dry.

Make your life of joy, not sigh.

joy	*n.*	喜乐
honor	*vt.*	尊敬；使荣耀
humble	*vt.*	使卑微
rot	*v.*	腐烂；渐衰
apart	*adv.*	分开的，疏远的
edge	*n.*	棱；刃
rill	*n.*	河流

●背景及中文大意

　　微澜人生闻常道，九水枯时仍有棱。2019 年 2 月 28 日，二月时还早，莫教己卑微。有生不逢时，有时来运转。居高之时，莫神己焉；走麦城时，莫薄己焉。淡薄高低，与世无争。为人一世，与人为善，聚散有时，何必相煎。但愿此生，任九曲干枯，棱角还在，不磨之棱，不去之角。此世喜乐，今生不叹。此诗言志，直抒胸臆。

采桑子·70年国庆

长兴天下七十载，
伴九州同。
望亚洲东，
万里江山尽是红。
丹心一片中国梦，
华夏欣荣。
曾几相逢，
四海升平盛世中。

Picking Mulberries · Ode to the 70th National Day

After seventy years' weal and woe,

My motherland is strong through and through.

To the east of Asia you go,

She is a greatest power so true.

Chinese people have the Dream

That she comes in golden times.

Could you ever believe

She brings a peace worth best rhymes?

●词汇解析

weal and woe *n.*	痛苦
through and through *n.*	彻底地
power *n.*	强国
rhyme *n.*	诗

●背景及中文大意

　　丹心一片中国梦，四海升平盛世中。2019 年 9 月 30 日，礼赞中国。金秋十月，祖国华诞，七十周年，举国同庆。看亚洲之东，江山一片红。国人梦想，几度梦中，华下欣荣，今已成真，四海升平，盛世再现。身为中国人，心怀中国梦，几亿国人同。作者直抒所感，内心澎湃，然言止于此，其自豪的心情非只言片语所能达。填词以表诗人的爱国情怀。

采桑子·我的祖国

百川几水逶迤去，
　　碧海纹波。
　　玉岫沿河，
叠嶂青峦处处多。
苍苍袤宇云霄下，
　　华夏当歌。
　　探月嫦娥，
寻梦千年说祖国。

Picking Mulberries · Ode to My Motherland

The rill winds down her way,

Billowy waves verdant and gay.

Together the hill runs along,

With mountains many at the tongue.

Between heaven and earth,

China has proved her worth.

296

With the Chang'e mission one and two,

The thousand-year-long dream comes true.

● 词汇解析

wind one's way	逶迤前行
billowy waves	波涛
worth *n.*	价值
mission *n.*	任务，使命

● 背景及中文大意

　　百川九水逶迤去，叠嶂青峦处处多。2019 年 10 月 1 日，再赞祖国。秋金万里，七十华诞，江山仍俊。江山秀丽，山川逶迤，碧海文波，山脉沿河，叠嶂青峰，此番万里山河！玉宇苍苍，云霄之下，华夏昌隆，探月嫦娥，强国梦就。这首词，上阕写祖国的山河壮丽秀美，词的下阕写 70 年奋斗的成果，以歌颂祖国建国 70 年以来的伟大成就。

采桑子·重阳聚

江山不老同国庆，

　　十月添香。

　　恰是重阳，

漱滟秋波九曲长。

当年去去光阴好，

　　不返时光。

　　相见急忙，

但赴扬州聚两堂。

Picking Mulberries · A Get-together at Double Ninth

The country is festive while still young,

The anniversary at the tip of every tongue.

Just at Double Ninth Festival on Earth,

Autumn ripples wind down their great worth.

Good are the old days,

Gone however much one pays.

For a short get-together,

Friends sit about to dinner.

●词汇解析

festive *adj.*	喜庆的，欢乐的	
anniversary *n.*	纪念日	
ripple *n.*	细浪，微波	
autumn ripples	比喻祖国的成就	
worth *n.*	价值，意义，作用。此处喻指通往繁荣昌盛的路。	
about *n.*	在四周	

●背景及中文大意

  当年去去光阴好，不惑年华更聚多。2019 年 10 月 7 日，重阳会同窗。金秋国庆，十月添香，恰逢重阳，祖国繁荣富强。而我与同窗也分别成为建设祖国的一分子，当年学生时代一去不返，不论贵贱，光阴不待。匆匆赴约，聚上两堂。上阕交代了社会背景、时间背景；下阕笔锋突转，写去去光阴，感叹时光不待，只能珍惜，拨冗相聚。这首词，重在感怀作者这一代人，见证着祖国的富强之路，也同时感慨时不我待，去时不返，所以更加珍惜同窗之情。

破阵子·2020初春

楼下空枝独树，

杭州花木围湖。

邘上出门三四户，

下沙春兰千百株。

春来人却疏。

鬼祟人间为虏，

天医凡世撑扶。

邪疫倾国身家事，

白衣直前天下福。

今春咏扶苏。

The Sword Song · Early Spring of 2020

Downstairs there is nothing but tree, not budding;

In Hangzhou around a lake are trees, flowering.

Few people go out of home at Hanjiang, Yangzhou;

Many magnolia trees have started blossoming at

Xiasha, Hangzhou.

This spring people stay apart.

Devils lay virus on earth;

Doctors' work proves of great worth.

The pandemic comes a big concern to the individual and the country.

Medical workers sacrifice themselves for the good of each family.

This spring a poem is for the heroes.

●词汇解析

magnolia *n.*	木兰
devil *n.*	魔鬼
virus *n.*	病毒
of worth	有价值的
pandemic *n.*	大流行病
concern *n.*	令人关切的事物
sacrifice *v.*	牺牲

●背景及中文大意

鬼祟人间为虐，天医凡世撑扶（2019年2月25日）。己亥岁末、庚子之初，新型冠状病毒感染的肺炎已成大疫，全国上下团结一心，同舟共济，共同战"疫"。这首词的上阙对扬州与杭州两座城市进行比较：不同点是杭州位于扬州南，绿发早，扬州人家楼下的树尚未发芽，杭州已有花木围湖之景；两者的相同点是，出门的人很少，只有"三四户"，春来繁花处处，以及这个春天人与人之间相邻生畏。其中"邗上出门三四户，下沙春兰千百株"这两行运用了互文的修辞方法，此句写了两地的相同之处。下阙主要对比"疫"与"医"，在于歌颂医者的献身精神，面对人类的灾难不畏缩、勇往直前的"大医"精神。最后一句直抒胸臆，写出这首诗的目的——在于赞颂"战疫"英雄。

破阵子 · 海棠依旧

窗外葱葱新木，
轩中五彩花株。
夏至暖才三五日，
春来寒还一两出。
絮飞轻劲逐。
拙妇家中恬适，
铲泥翰墨难无。
闲品香茗一角景，
忙作小文一两斛，
笑生环不如。

The Sword Song · Yesterday Once More

Outside is an expanse of new green;

Inside two pots of plants make a sweet scene.

Summer is here and warm days are due;

But spring chill comes at night anew.

Catkins twirl around right on cue.

A lady stays fit at home,

With a shovel and a pen she does roam.

Enjoying tea and a corner view,

Writing poems a few.

Beaming, she's whom I knew.

●词汇解析

an expanse of	一片
due *adj.*	预期应到的
chill *n.*	寒冷
anew *adv.*	又；再一次
right on cue	恰好在这时
shovel *n.*	铲
roam *v.*	漫步，徜徉
beam *v.*	笑容满面

●背景及中文大意

难无翰墨家中妇，半日偷闲想作文。2020 年 5 月 13 日，暖春如夏，窗景葱翠，轩中花株成彩。如今时节，如夏暖日尚短，春寒倒来频频，正当柳絮飘飘。余本拙妇，但逢惬意心悦，不能不学庭妇弄铲移花接木，更不能无翰墨作伴。移步轩窗下,品上香茗一盏,赏着窗角外的景,写一两首小诗——生活这般，禁不住笑靥如花，如此满足，笑颜美哉。

咏夹竹桃

叶如胡柳郁葱葱，
花比春阳半载红。
雾霭扬尘她何惧，
携芳吐艳总彤彤！

Ode to the Oleander

The leaf comes in the shape of the willow leaf, lush
and green.

The flower shines like the summer sun, red for an
aeon.

Standing firm in the smog and dirt,

She is fragrant and red, unhurt.

oleander *n.*　　　夹竹桃

aeon *n.*　　　很长时间

firm *adj.*　　　坚定的，坚决的

● 背景及中文大意

雾霭扬尘她何惧，携芳吐艳总彤彤！2020 年 5 月
13 日，夹竹桃花红叶碧，其叶如柳，花红艳阳，一红半
载，处处可见，小院外，栅栏边，马路旁。不畏雾霭，
不惧扬尘，一如其本色！

小女种文竹

一单快寄揽怀中，
葱指弄泥事必躬。
两捧入盆三掊土，
文竹竟立似云松。

My Daughter Grows Wenzhu

Collecting her package,

She starts to work fine.

After being laid in the soil with no damage,

The plant stands like a pine.

collect *vt.*	收，取
package *n.*	快递包裹
fine *adv.*	精巧地
lay *vt.*	放置

●背景及中文大意

偶尔弄泥三两事，此说小女种文竹。2020 年 5 月 29 日，小女前日下单，货次日便收，去"驿站"取回快递，兴致盎然，不请父帮，不许母助，捧两捧花土入盆，掊土三两下，技艺娴熟，文竹便挺立如松。

说忙

光阴踏箭日如梭，
人似陀螺琐事多。
紧束身心皆疲惫，
心酸一把向谁说！

On Being Busy

Time speeds like a let-go arrow;

I am occupied with many a trifle.

Tired body and heart both grow.

To have someone to talk to is not impossible.

be occupied with　*vt.*　　　忙于……

grow　*v.*　　　　　　　　变得

● 背景及中文大意

　　年年六月人疲累，好似陀螺琐事多。2020 年 6 月 3 日，六月，论文季、毕业季！每当六月，倍感时光如梭，少男少女年年离去，一届届学生终成往事，终成昔人，此时的我等，正为其离去而忙如陀螺。轩中独作，怎知你繁忙，众人皆以为我等终日作乐。

忙过

霖霾梅雨久相持，
郁郁绵绵教醉痴。
碎碎泱泱终过往，
无繁绮梦莫题诗。

On the Way to Rest

The plum rain has lasted long.

Continual and gloomy, it makes me feel wrong.

After so much work, I am on the way to rest.

The work itself is by no means guessed.

gloomy *adj.*	阴郁
by no means	绝不
guess *vt.*	猜对

●背景及中文大意

公繁紧束将忙过，梅雨霖霪未久持。最忙六月——论文季、答辩季、毕业季。紧张的答辩季结束，论文后期修改后，繁忙将告一段落。我等的工作均独做于书轩，修文或是遣词造句都无人知。

长相思·送别我的学生

长江流，

淮水流，

流到瓜州古渡头。

谁言到此休？

笃行楼，

教学楼，

学到深时方使忧。

人来有所收！

Long Longing · Farewell, ladies!

The Yangtze River runs,

And the Huaihe River runs,

To the ferry port at Guazhou.

And to somewhere farther they flow.

At Duxing Building,

And at the teaching Building,

Either has made effort in study.

For a good future they are ready.

●词汇解析

farewell *int.*	再见
Duxing Building	笃行楼，笔者所在单位办公楼
either *pron.*	两者中的任一者

●背景及中文大意

九水逶迤经古渡，入学至此不言休。2020 年 6 月 24 日，扬州大学 2018 级研究生毕业仪式，全体研究生集体留影纪念，吾亦未能免俗。写此诗，赠予我的两位毕业的学生——学无止境，应不以"瓜州古渡"为休，从此冲浪学海，不断进取，在未来的岗位上不断冲上波峰，在人生的路上做可信、可爱、自信、自爱的人。

采桑子·又对新寒待与说

东风携雨秋分过，

　　日月如梭。

　　日月如梭，

又见黄花香桂多。

凉蝉桂子中秋色，

　　夜里衾薄。

　　夜里衾薄，

又对新寒待与说。

Picking Mulberries · On Repeated Cold with Renewed

Might

At the autumnal equinox, rain carried forth by

eastward winds that blow,

　　Time shoots by like a let-go arrow.

　　As time shoots by like a let-go arrow,

　　Again the osmanthus flower becomes a most

encountered show.

The moon and the osmanthus make the mid-autumn sight.

The quilt feels thin at night.

As the quilt feels thin at night,

Again this year one is to write on repeated cold with renewed might.

●词汇解析

autumnal equinox   秋分

shoot *vi.*   疾驰，飞速而过

might *n.*   力量

●背景及中文大意

中秋绮丽邀桂子，袅袅幽香吻醉心。2020 年 9 月下旬，初秋半月，秋分一过，中秋半月，如是年复一年，时光荏苒。秋分过后，凉蟾渐满，桂子或金或黄，细袅香飘，步移十而遇一桂，满院秋黄，满树溢香，近则芬浓，远而芳幽，盈盈扑面，袅袅如心，独立而不觉惆怅，成双而不感戚戚。之于树下而不烈，之于室内而不淡，恰逢此时，伴我不惑，悠悠我心。寒蝉、凉蟾、桂子、衾单，

经年始方去，今年又重来，然，"新寒"丛生，人生总
遇不期，总需字灵驻守我心，驱除"新寒"。

伊人在水

水畔伊人坐，愁殇总似长。
娇人心涌事，幻梦泪成行。
昔曲韶华季，今文莫与双。
秋来秋又去，世事乃沧桑。

A Lady by the River

She's by the river; her pain lasts long.

What's on her mind? Could one tell by tongue?

Graceful and slender then, she hadn't a peer.

Autumn goes and returns; changes of the world lead

to many a tear.

slender *adj.* 　　　修长的，纤细的

peer *n.* 　　　　　相匹敌的人

伊人在水多心事，尘世沧桑愿不知。2015 年 10 月 25 日，盈盈秋殇，30 年前的一张黑白照片激起涟漪：美人亭亭而坐，在水一方，倩影比今，好像在说秋来花殇；盈盈而坐，所思所想，应是天马无际而行，无拘无束；身材纤纤，那年的她，巧笑倩兮，今夕的她纤细优雅仍无与伦比。然春来秋去，秋冬轮回，世事变迁，沧海桑田……作此诗以此感叹时光流逝、韶华易逝。